國立政治大學外國語文學院

進階外語 日語篇

于乃明、蘇文郎
蔡瓊芳、施列庭
彭南儀 著

緣起

　　國立政治大學外國語文學院自民國 108 年起執行教育部「高教深耕計畫」，以教育部「北區大學外文中心計畫」完成之基礎外語教材為基底，賡續推動《進階外語》，目的在能夠提供全國大專院校學生更多元學習外語的自學管道。本計畫主要由本院英國語文學系招靜琪老師帶領，第一階段首先開發日語、韓語、土耳其語、俄語、越南語等 5 語種之基礎教材，第二階段繼續完成上述 5 語種之進階教材。為確保教材之品質，5 語種之進階教材皆各由 2 位匿名審查人審核通過。

　　5 語種教材之製作團隊由本院 10 餘位教授群親自策畫與撰寫，此外本校學生亦參與部分編輯、製作等工作。除內容力求保有本院實體課程一貫之紮實與豐富性之外，也強調創新實用與活潑生動。進階課程為針對具語言基礎者量身打造，深入淺出，不論是語言教學重點如字母、句型、文法、閱讀、聽力等，或相關主題如語言應用、文化歷史介紹、日常生活等，皆以活用為目的。

　　本套教材除可供自學，亦適用於國內大專院校、技職學校、高中 AP 課程、甚至相關機構單位，期望能提高語言學習成效，並將外語學習帶入嶄新的里程碑。

國立政治大學外國語文學院院長

日本語に興味を持ってくれて、ありがとうございます。

謝謝你對日文感興趣。

　　國內學習日語人數眾多，很高興你是其中一人。希望你在順利地完成初級階段的學習後，能夠抱持著同樣興奮的心情，開心地邁向進階日語的學習園地。不過也要提醒你，本書雖謂名之為「進階」，但提供的學習項目仍舊是日常生活裡基本使用的日文。打個比方，想把日文學好的你，參加的是場馬拉松賽事，現在才剛起跑不久而已，後面還有很長的賽程，堅持到最後才是勝利者。另外，正因為學習日語的人數眾多，要脫穎而出相當不易，心裡需有相當覺悟：半吊子的日文是一點競爭力都沒有的，不僅是交不到日本朋友，更無法以日文作為謀職的工具。

　　「言葉は生きている。（語言是活的）」，這句話相信你一定聽過，大家一般理解的意思是：語言會隨著該國使用者因習慣改變等因素而產生變化。若以日文為例，「能吃、敢吃」原本的日文形式為：「食べられる」（本書第五課），不過近年來「食べれる」使用的頻率日益升高，日後說不定會取而代之。又或者，「不去」原本的日文敬體形式只有「行きません」，但現在也可聽到「行かないです」的說法。所以，學習日文時一定要隨時接收最新資訊，不可以課本的東西為滿足。除此之外，「語言是活的」這句話，筆者覺得可以擴大解釋：語言要加以使用才能讓它鮮活。國、高中學習英文時，大多數的台灣學生是以應付考試的心態面對，所以大概只求「會看、會聽、會答題」，最後的下場是，至少六年的學習下來，碰到歐美人士常是腳底抹油，避之唯恐不及。學習日文千萬別重蹈覆轍，要「會說、會寫、會溝通」，這才不枉自己犧牲休息或娛樂時間學習日文。

想必你也聽過：「語言是文化的載體」，也就是說，語言裡可以找到文化的脈絡。眾所周知，日本是個長幼有序、好禮的社會，因此在語言裡有非常完整的敬語體系，這是其他語言所少有的。換言之，若想把日語學好，敬語定是不可省略的部分。再舉一例，日本人重視群體，正確掌握人際關係極其重要，而使用語言時，清楚地用授受關係（本書第五課）來呈現是其中一種方式。本序文中的第一句話裡就有授受關係，翻成中文時是完全看不出來的（如果翻譯出來，應為：「謝謝你為我對日文感興趣」，這會變成很不自然的中文。）但講日文時，若不適時使用授受關係，便不能表達日本人完整的情感語意。

最後，給你的提醒是：語言＝文法＋語彙＋使用，正確掌握這三面向，即可成功習得，享受悠遊於外語世界的快樂。

（一）**精熟文法**：由於日文與中文分屬不同的語系，中文屬「孤立語」，日文屬「膠著語」，顧名思義便可知二者文法差異甚大，所以中文母語者定要花加倍的工夫才能克服學習文法的障礙。每個助詞代表什麼意義、每個助動詞前面該如何正確接續、本身具備哪些變化，又代表何意，都需正確了解。

（二）**充實語彙**：日文還有一個特色，就是相同意思的語彙可能有漢語、和語和外來語多達三種不同的表現方式。例如：「ご飯」、「飯」、「ライス」三字，中文都翻譯成「飯」，但意思還是有些微不同，學習時應特別注意。再者，日本人很習慣於創造新語彙，因此每年都會出現大量的流行語（譬如 2019 年有「タピる」（喝珍奶），這可是台灣之光）。因此一定要與時俱進，才能在與日本朋友聊天時如魚得水。

（三）正確使用：再次強調，「會說、會寫、會溝通」，才是學習語言的終極目標。
不論當部落客（ブロガー），還是 YouTuber（ユーチューバー），
都需要書寫和陳述的能力。想要讓讀者、觀眾了解你，必須正
確使用語言。

祝福你享受這場馬拉松，並堅持到終點。
頑張れ！ファイト！

進階日語編輯小組
2020.09

本書使用方式

建議用以下方式使用本書。

Step 1

閱讀「短文」（短文）

請將筆準備好。首次閱讀時，過程中若遇到生字及不曾學過的文法或句型，請做註記，重要的是，請依照前言後語推測這些字句應該是什麼意思，藉此訓練讀解能力。

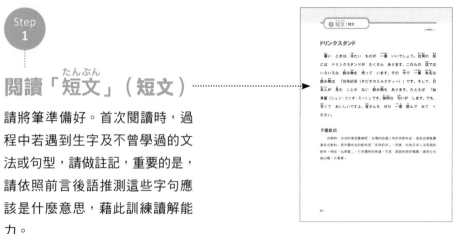

Step 2

確認「文型」（句型）、「単語」（單字）

第二次閱讀時，配合句型與單字表，確認註記的部分究竟代表何意，是否與自己原本的推測相符。

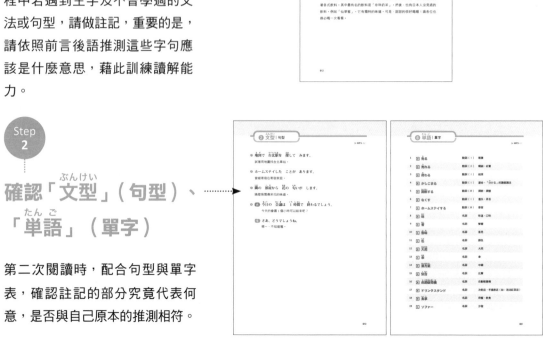

Step 3

觀摩「例文」（例句）

本課新句型該如何使用，透過例句多加觀摩。

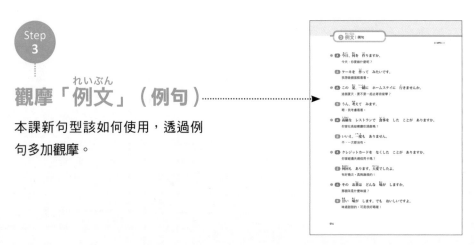

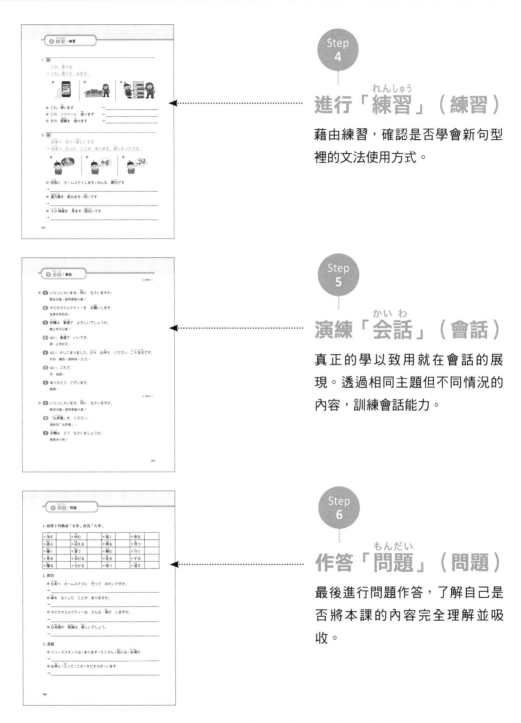

Step
4

進行「練習」（練習）

藉由練習，確認是否學會新句型
裡的文法使用方式。

Step
5

演練「会話」（會話）

真正的學以致用就在會話的展
現。透過相同主題但不同情況的
內容，訓練會話能力。

Step
6

作答「問題」（問題）

最後進行問題作答，了解自己是
否將本課的內容完全理解並吸
收。

相信以此步驟使用本書，可讓你事半功倍，全方面地將日文學好，並為日後的學習奠定紮實的
基礎。

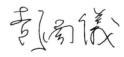

目次 CONTENTS

MEMO

第一課
ドリンクスタンド

手搖飲店

學習重點

「～て　みる」：學會「嘗試做某動作」的說法。

「～た　ことが　ある」：學習經驗句型。

「～が　する」：學習如何表達五體感官的感受。

「～でしょう」：學會如何表達主觀推測。

▶ MP3-01

ドリンクスタンド

　暑い　ときは、冷たい　ものが　一番　いいでしょう。台湾の　街には　ドリンクスタンドが　たくさん　あります。これらの　店では　いろいろな　飲み物を　売って　います。その　中で　一番　有名な　飲み物は　「珍珠奶茶（タピオカミルクティー）」です。そして、日本人が　見た　ことの　ない　飲み物も　あります。たとえば　「仙草蜜（シェン・ツァオ・ミー）」です。独特な　匂いが　します。でも、甘くて　おいしいですよ。皆さんも　ぜひ　一度　飲んで　みて　ください。

手搖飲店

　炎熱時，冰涼的東西最棒吧！台灣的街道上有許多飲料店。這些店裡販賣著各式飲料。其中最有名的飲料是「珍珠奶茶」。然後，也有日本人沒見過的飲料。例如「仙草蜜」。它有獨特的味道。可是，甜甜的很好喝喔！請各位也務必喝一次看看。

▶ MP3-02

● 地図で 台北駅を 探して みます。

試著用地圖找台北車站。

② ホームステイした ことが あります。

曾經寄宿在寄宿家庭。

③ 隣の 部屋から 花の 匂いが します。

隔壁房間傳來花的味道。

④ A 今日の 会議は 1 時間で 終わるでしょう。

今天的會議 1 個小時可以結束吧？

B さあ、どうでしょうね。

嗯～，不知道喔。

❸ 例文 | 例句

① **A** 今日、何を 作りますか。

今天，你要做什麼呢？

B ケーキを 作って みたいです。

我想做個蛋糕看看。

② **A** この 夏、一緒に ホームステイに 行きませんか。

這個夏天，要不要一起去寄宿留學？

B うん、考えて みます。

嗯，我考慮看看。

③ **A** 高級な レストランで 食事を した ことが ありますか。

你曾在高級餐廳吃過飯嗎？

B いいえ、一度も ありません。

不，一次都沒有。

④ **A** クレジットカードを なくした ことが ありますか。

你曾經遺失過信用卡嗎？

B 何回も あります。大変でしたよ。

有好幾次。真夠麻煩的！

⑤ **A** その お茶は どんな 味が しますか。

那個茶是什麼味道？

B 甘い 味が します。でも おいしいですよ。

味道甜甜的。可是很好喝喔！

⑥ **A** 今 変な 音が しなかった？

剛才是不是有奇怪的聲音？

B えっ？どこから。

欸？哪裡傳來的？

⑦ **A** 昨日 暑かったでしょう。

昨天很熱吧？

B いいえ、あまり 暑く なかったです。

不會，不太熱。

⑧ **A** 三井さんも 昼ご飯を まだ 食べて いないでしょう。

三井小姐妳也還沒吃中飯吧？

B ええ、一緒に どこかで 食べませんか。

嗯，要不要找個地方一起吃？

1. 例

これ、食べる

→ これ、食べて みます。

① これ、使います → _____

② この ソファーに 座ります → _____

③ その 眼鏡を 掛けます → _____

2. 例

日本へ 行く / 楽しいです

→ 日本へ 行った ことが あります。楽しかったです。

① 田舎に ホームステイします / みんな 親切です

→ _____

② 漢方薬を 飲みます / 苦いです

→ _____

③ ３Ｄ映画を 見ます / 面白いです

→ _____

3. 例

　　このカレーライス・いい　匂い

　→　この　カレーライスは　いい　匂いが　します。

❶　この　ピアノ / いい　音　　　　→ ＿＿＿＿＿＿＿＿＿＿＿＿

❷　この　チョコ / お酒の　味　　　→ ＿＿＿＿＿＿＿＿＿＿＿＿

❸　この　お茶 / バラの　匂い　　　→ ＿＿＿＿＿＿＿＿＿＿＿＿

4. 例

　　これ、変な　匂いが　します / たぶん　まずいです

　→　これ、変な　匂いが　しますから、たぶん　まずいでしょう。

❶ 明日は　休みです / 王さんは　どこかへ　遊びに　行きます

→ _____

❷ 今は　雨が　降って　いません / たぶん　午後も　降りません

→ _____

❸ 陳さんは　一人暮らしです / きっと　寂しいです

→ _____

❹ 大雨です / 野球の　試合は　無理です

→ _____

▶ MP3-04

❶ **A** いらっしゃいませ。何に　なさいますか。

　　歡迎光臨。請問要點什麼？

　B タピオカミルクティーを　お願いします。

　　我要珍珠奶茶。

　A 砂糖は　普通で　よろしいでしょうか。

　　糖正常可以嗎？

　B はい、普通で　いいです。

　　嗯，正常即可。

　A はい、かしこまりました。少々　お待ち　ください。二十五元です。

　　好的，遵命。請稍候。25 元。

　B はい、これで。

　　來，這個。

　A ありがとう　ございます。

　　謝謝。

▶ MP3-05

❷ **A** いらっしゃいませ。何に　なさいますか。

　　歡迎光臨。請問要點什麼？

　B 「仙草蜜」を　ください。

　　請給我「仙草蜜」。

　A 砂糖は　どう　なさいましょうか。

　　糖要多少呢？

B 半糖で お願いします。
<ruby>半糖<rt>はんとう</rt></ruby>で <ruby>お願<rt>ねが</rt></ruby>いします。

我要半糖，麻煩你。

A はい、半糖ですね。かしこまりました。少々 お待ち ください。三十五元です。

好的，半糖對吧。遵命。請稍候。35 元。

B はい、これで お願いします。

嗯，給你。

A 毎度 ありがとう ございます。

謝謝愛顧。

▶ MP3-06

❸ A いらっしゃいませ。何に なさいますか。

歡迎光臨。要點什麼呢？

B ハーブティーが ありますか。

有花草茶嗎？

A すみません。ハーブティーは ありませんが、フルーツティーは いかがですか。

不好意思。沒有花草茶，來杯水果茶好嗎？

B そうですか。じゃ、また 来ます。

這樣啊。那我下次再來。

A すみません。また いらっしゃって ください。

不好意思。請再度光臨。

▶ MP3-07

1	0	売る	動詞（Ⅰ）	販賣
2	0	売れる	動詞（Ⅱ）	暢銷，好賣
3	0	終わる	動詞（Ⅰ）	結束
4	0	かしこまる	動詞（Ⅰ）	遵命，「分かる」的謙虛講法
5	0	調節する	動詞（Ⅲ）	調節，調整
6	0	なくす	動詞（Ⅰ）	遺失，弄丟
7	5	ホームステイする	動詞（Ⅲ）	寄宿
8	0	味	名詞	味道，口味
9	2	音	名詞	聲響
10	1	意味	名詞	意思
11	2	色	名詞	顏色
12	3	大雨	名詞	大雨
13	1	傘	名詞	傘
14	3	漢方薬	名詞	中藥
15	0	試合	名詞	比賽
16	6	自動販売機	名詞	自動販賣機
17	6	ドリンクスタンド	名詞	冷飲店，手搖飲店（如：泡沫紅茶店）
18	0	食事	名詞	用餐，飲食
19	1	ソファー	名詞	沙發

20	0 2 タピオカ	名詞	薯類的一種，製成圓形物（珍珠紅茶裡的珍珠）
21	2 匂い・臭い	名詞	氣味
22	1 ハーブ	名詞	香草
23	4 一人暮らし	名詞	獨居，一個人住
24	0 普通	名詞	普通，一般
25	2 フルーツ	名詞	水果
26	2 街	名詞	街道，街
27	4 ミルクティー	名詞	奶茶
28	1 眼鏡	名詞	眼鏡
29	1 メニュー	名詞	菜單（menu）
30	1 量	名詞	分量，數量
31	～さ	接尾語	接在形容詞語幹後，表示該詞的性質、程度、狀態
32	～っぽい	接尾語	（接在名詞後面）表示傾向
33	～ら	接尾語	～們（表示複數）
34	0 こんな・そんな・あんな	連體詞	這樣的・那樣的
35	2 苦い	い形容詞	苦的
36	0 高級	な形容詞・名詞	高級的
37	0 独特	な形容詞・名詞	獨特的
38	1 変	な形容詞	奇怪的

39	0	必^{かなら}ず	副詞	一定，絕對
40	2	初^{はじ}めて	副詞	第一次
41	1	是非^{ぜ ひ}	副詞	務必，一定
42	2	例^{たと}えば	副詞	例如
43	1	多分^{た ぶん}	副詞	大概
44	1	つまり	副詞	總之，也就是
45	0	そして	接續詞	然後，而且
46	1	でも	接續詞	可是，不過
47	1	さあ	感嘆詞	用來表示勸誘、催促或不確定、躊躇、遲疑時

1. 請將下列動詞「る形」改為「た形」

❶ 消す		❷ 休む		❸ 描く		❹ 来る	
❺ 遊ぶ		❻ 迎える		❼ 帰る		❽ 待つ	
❾ 働く		❿ 習う		⓫ 頼む		⓬ 行く	
⓭ 見る		⓮ 浴びる		⓯ 走る		⓰ する	
⓱ 贈る		⓲ 分かる		⓳ 吸う		⓴ 返す	

2. 問答

❶ 日本へ　ホームステイに　行って　みたいですか。

→ _____

❷ 傘を　なくした　ことが　ありますか。

→ _____

❸ タピオカミルクティーは　どんな　味が　しますか。

→ _____

❹ 日本語の　勉強は　楽しいでしょう。

→ _____

3. 重組

❶ ジューススタンドは / あります / たくさん / 街には / 台湾の

→ _____

❷ お茶に / 入って / この / タピオカが / います

→ _____

❸ 作った / あります / 一度 / ケーキを / ことが

→ _____

❹ します / 隣の / 匂いが / 部屋から / 変な

→ _____

4. 翻譯

❶ 一個人住大概很寂寞吧？　　→ _____

❷ 我想學學看法文。　　　　　→ _____

❸ 我去美國玩過。很好玩。　　→ _____

❹ 這花茶很香。　　　　　　　→ _____

❺ 這麼苦的中藥我是第一次喝。　→ _____

5. 看圖作文（請看圖片的內容，試著寫出幾個簡單的句子。）

練習

1. ❶ これ、使って　みます。

　 ❷ この　ソファーに　座って　みます。

　 ❸ その　眼鏡を　掛けて　みます。

2. ❶ 田舎に　ホームステイした　ことが　あります。みんな　親切でした。

　 ❷ 漢方薬を　飲んだ　ことが　あります。苦かったです。

　 ❸ 3D 映画を　見た　ことが　あります。面白かったです。

3. ❶ この　ピアノは　いい　音が　します。

　 ❷ この　チョコは　お酒の　味が　します。

　 ❸ この　お茶は　バラの　匂いが　します。

4. ❶ 明日は　休みですから、王さんは　どこかへ　遊びに　行くでしょう。

　 ❷ 今は　雨が　降って　いませんから、たぶん　午後も　降らないでしょう。

　 ❸ 陳さんは　一人暮らしですから、きっと　寂しいでしょう。

　 ❹ 大雨ですから、野球の　試合は　無理でしょう。

問題

1. 請將下列動詞「る形」改為「た形」

❶ 消す	消した	❷ 休む	休んだ	❸ 描く	描いた	❹ 来る	来た
❺ 遊ぶ	遊んだ	❻ 迎える	迎えた	❼ 帰る	帰った	❽ 待つ	待った
❾ 働く	働いた	❿ 習う	習った	⓫ 頼む	頼んだ	⓬ 行く	行った
⓭ 見る	見た	⓮ 浴びる	浴びた	⓯ 走る	走った	⓰ する	した
⓱ 贈る	贈った	⓲ 分かる	分かった	⓳ 吸う	吸った	⓴ 返す	返した

2. 問答

　　❶ はい、一度　行って　みたいです。

　　❷ はい、何度か　あります。悔しかったです。

　　❸ 甘くて　おいしい　味が　します。

　　❹ はい、難しいですが、楽しいです。

3. 重組

　　❶ ジューススタンドは　台湾の　街には　たくさん　あります。

　　❷ この　お茶に　タピオカが　入って　います。

　　❸ ケーキを　作った　ことが　一度　あります。

　　❹ 隣の　部屋から　変な　匂いが　します。

4. 翻譯

　　❶ 一人暮らしは　たぶん　寂しいでしょう。

　　❷ フランス語を　勉強して　みたいです。

　　❸ アメリカへ　遊びに　行った　ことが　あります。楽しかったです。

　　❹ この　ハーブティーは　いい　匂いが　します。

　　❺ こんなに　苦い　漢方薬は　初めて　飲みました。

5. 看圖作文（請看圖片的內容，試著寫出幾個簡單的句子。）

　　（略）

MEMO

だいがくせい　　　　　なつやす
大学生の　夏休み

大學生的暑假

學習重點

「～たり　～たり　する」：學會列舉動作。

「～た　あとで」：學習動作先後講法。

「～て　来る」：學習如何表達做完該動作再回到講話的原處。

大学生の 夏休み

　　台湾の 大学生は 二ヶ月半ぐらい ある 長い 夏休みを ど
う 利用して いますか。バイトを したり 旅行に 行ったり す
る 学生が 多いですが、図書館で レポートを 書いたり 勉強し
たり する 学生も 少なくないでしょう。長い 休みは、山を 登っ
たり 海で 泳いだり しても いいですが、くれぐれも 安全に
気を 付けて ください。それに、時間が たっぷり ありますから、
よく 考えてから 充実した 夏休みを 立てましょうね。

大學生的暑假

　　台灣的大學生都怎麼利用長達約兩個半月的暑假呢？很多學生會打工或去
旅行，但也有不少學生會在圖書館裡寫報告或唸書吧！漫長的假期可以去爬山
或到海邊游泳，但請千萬注意安全。而且，由於有十分充裕的時間，要好好想
清楚，過個充實的暑假喔！

▶ MP3-09

❶ 休みは　弟は　小説を　読んだり　テレビを　見たり　します。

假日弟弟會閱讀小説或看看電視。

❷ 晩ご飯を　食べた　あとで、公園を　散歩しました。

吃完晚餐後，去公園散步。

❸ ちょっと　郵便局に　行って　来ます。

我去一下郵局。

▶ MP3-10

❶ **A** 暇な 日は お兄さんは 何を しますか。

有空的日子你哥哥會做什麼呢？

B 兄は 山を 登ったり 野球を したり します。

我哥哥會爬爬山或打棒球。

❷ **A** 妹は 夜は いつも 日本語の ＣＤを 聞いたり 宿題を やったり して います。

我妹妹晚上總是聽聽日文的 CD，或是寫作業。

B 妹さんは いい 子ですね。でも、うちの 妹は あまり 勉強しません。

你妹妹真是好孩子呢。可是，我妹妹可不太唸書。

❸ アルバイトが 終わった あとで、映画を 見に 行きました。

打工結束後，去看了場電影。

❹ **A** お姉さんは いつ 忘れ物に 気づきましたか。

你姊姊什麼時候發現東西忘了呢？

B 姉は 家へ 帰った あとで、忘れ物に 気づきました。

我姊姊回到家之後，才發現有東西忘了。

❺ **A** もう こんな 時間ですか。何か 食べたいですね。

已經這時間了啊！我想要吃點東西呢！

B じゃ、夜食を 買って 来ます。何が いいですか。

那，我去買一下消夜。買什麼好呢？

⑥ **A** ちょっと 遅いですよ。

你有點晚喔！

B すみません。ここに 来る 前に 本屋に 寄って 来ました。

抱歉。來這裡之前順便去了書店。

1. 例

寝（ね）る　前（まえ）に、雑誌（ざっし）を　読（よ）みます／音楽（おんがく）を　聞（き）きます

→ 寝（ね）る　前（まえ）に、雑誌（ざっし）を　読（よ）んだり　音楽（おんがく）を　聞（き）いたり　します。

❶

❷

❸

❶ 寝（ね）る　前（まえ）に、テレビを　見（み）ます／パソコンを　やります

→ _____

❷ 寝（ね）る　前（まえ）に、運動（うんどう）します／ペットと　遊（あそ）びます

→ _____

❸ 寝（ね）る　前（まえ）に、ラジオを　聞（き）きます／日記（にっき）を　書（か）きます

→ _____

2. 例

　いつ　宿題を　しますか。（家に　帰る）

→ 家に　帰った　あとで　します。

 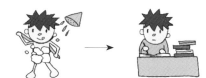

❶ 晩ご飯を　食べます　　→ _____

❷ お風呂から　出ます　　→ _____

❸ テレビを　見ます　　→ _____

3. 例

　どこに　行きますか。（ちょっと　銀行へ　行く）

→ ちょっと　銀行へ　行って　来ます。

❶ 本を　返します　　　　→ _____

❷ 顔を　洗います　　　　→ _____

❸ お巡りさんに　聞きます　→ _____

⑤ 会話｜會話

① **A** こんにちは。

你好。

B こんにちは。

你好。

A 今日も　勉強ですか。

你今天也要唸書嗎？

B ええ、ちょっと　レポートの　資料を　調べて　います。

對，我正在查一些報告的資料。

A ちょっと　いいですか。

可以打擾你一下嗎？

B ええ、でも　三分ぐらい　待って　ください。これ、ロッカーに　置いて　来ます。

可以，不過請等大概 3 分鐘左右。我把這個拿去置物櫃放一下。

A はい、待って　います。

好，我等你。

B お待たせしました。

久等了。

A ところで、日本へ　遊びに　行った　ことが　ありますか。

對了，你去日本玩過嗎？

B はい、一度　あります。日本は　とても　綺麗でしたよ。

是的，有一次。日本好美喔！

A そうですか。私_{わたし}も　行_いって　みたいですね。

這樣啊！我也想去看看呢。

▶ MP3-12

❷ **A** こんにちは。

你好。

B どうも。

你好。

A 今日_{きょう}も　図書館_{としょかん}で　勉強_{べんきょう}して　いますか。

你今天也在圖書館唸書嗎？

B ええ、来週_{らいしゅう}　試験_{しけん}が　ありますから。

對啊，因為下禮拜有考試。

A ちょっと　いいですか。

可以打擾你一下嗎？

B いいですよ。でも　五分_{ごふん}ぐらい　待_まって　ください。この　本_{ほん}を　返_{かえ}して　来_きます。

好。可是請等 5 分鐘左右。我去還一下這本書。

A はい、待_まって　ます。

好，我等你。

B お待_またせしました。

讓你久等了。

A ところで、北海道_{ほっかいどう}へ　行_いった　ことが　ありますか。

對了，你去過北海道嗎？

B はい、二年前に 行きました。

嗯，2年前去的。

A どうでしたか。

你覺得怎樣？

B とても 寒かったですが、楽しかったです。

非常冷，但是很好玩。

A そうですか。私も 一度 行って みるかな。

這樣啊！我也想去一次看看。

▶ MP3-13

❸ **A** こんにちは。

你好。

B こんにちは。いい 天気ですね。

你好。天氣真不錯呢。

A ええ。今日も 勉強ですか。

對啊。你今天也要唸書嗎？

B いいえ、今日は 友達と 映画を 見に 行きます。

不，我今天要和朋友去看電影。

A じゃ、今 ちょっと いいですか。

那，我現在可以打擾你一下嗎？

B ええ、でも ちょっと 待って ください。トイレに 行って 来ます。

嗯，不過請等一下。我去上個廁所。

A はい、待ちます。

好，我等你。

B すみません。お待たせしました。

抱歉。久等了。

A いいえ、ところで、富士山を　登った　ことが　ありますか。

哪兒的話，對了，你爬過富士山嗎？

B いいえ、ありません。

沒有，沒爬過。

A じゃ、ぜひ　一度　登って　みて　ください。綺麗ですよ。

那，請你務必去爬一次看看。很美喔！

⑥ 単語（たんご）｜單字

1	⓪	運動（うんどう）する	動詞（Ⅲ）	運動
2	②	泳（およ）ぐ	動詞（Ⅰ）	游泳
3	②	気（き）づく	動詞（Ⅰ）	察覺，發現
4		気（き）を つける	動詞（Ⅱ）	留意，小心
5	①	（影（かげ）が）差（さ）す	動詞（Ⅰ）	（影子）照射
6	⓪	充実（じゅうじつ）する	動詞（Ⅲ）	充實，充沛
7	③	調（しら）べる	動詞（Ⅱ）	調查
8	②	過（す）ごす	動詞（Ⅰ）	度過，生活
9	②	立（た）てる	動詞（Ⅱ）	訂立，豎立
10	⓪	登（のぼ）る・上（のぼ）る	動詞（Ⅰ）	爬，登
11	⓪	やる	動詞（Ⅰ）	做，「する」的俗語
12	⓪	寄（よ）る	動詞（Ⅰ）	順便到
13	⓪	利用（りよう）する	動詞（Ⅲ）	利用
14	①	兄（あに）	名詞	哥哥（謙稱）
15	⓪	姉（あね）	名詞	姊姊（謙稱）
16	②	阿里山（ありさん）	名詞	阿里山
17	④	妹（いもうと）	名詞	妹妹
18	⓪	内（うち）	名詞	我，我們（自己所屬的組織、團體）
19	⓪	噂（うわさ）	名詞	謠傳，傳說

20	1	おお 多く	名詞	許多
21	4	おとうと 弟	名詞	弟弟
22	2	にい お兄さん	名詞	哥哥
23	2	まわ お巡りさん	名詞	巡邏警察
24	1	かげ 影	名詞	影子
25	1	かれ 彼	名詞	他，男朋友
26	1	クラス	名詞	班，班級
27	0	けいかく 計画	名詞	計畫
28	2	こ あの子	名詞	那個孩子
29	0	こうえん 公園	名詞	公園
30	0	たいきん 大金	名詞	大筆錢，巨款
31	0	ちゅうじゅん 中旬	名詞	中旬
32	1	トイレ	名詞	廁所
33	1	はん 半	名詞	一半
34	0	や しょく 夜食	名詞	宵夜
35	1	ラジオ	名詞	收音機，廣播
36	0	わす もの 忘れ物	名詞	忘記帶的東西
37	1	おお 多い	い形容詞	多的
38	0	おそ 遅い	い形容詞	遲的，晚的，慢的

39	[2] 長(なが)い	い形容詞	長的
40	[3] [2] くれぐれも	副詞	懇切地，衷心地
41	[3] 少(すく)なくとも	副詞	至少
42	[3] たっぷり	副詞	充分地，充足地
43	[0] 〜くらい・ぐらい (どのくらい・二(に)ヶ月(かげつ)ぐらい)	副助詞	約〜，〜左右（多久，多少・二個月左右）

1. 問答

❶ 冬休みは どう やって 過ごしますか。（請使用「～たり ～たり する」的句型回答）

→ _____

❷ 朝 家を 出る 前に、何を しますか。（請使用「～たり ～たり する」的句型回答）

→ _____

❸ 晩ご飯を 食べた あとで 散歩しますか。

→ _____

❹ いつ 宿題を しますか。

→ _____

2. 重組

❶ する / 探したり / 勉強したり / 学生が / 資料を / 真面目な / 図書館で / います

→ _____

❷ 影が / うわさを / 差す / すれば

→ _____

❸ 来ます / かばんを / ロッカーに / 置いて

→ _____

❹ 夏休みを / 立てました / 過ごしました / 充実した / 計画を / から

→ _____

3. 翻譯

① 爬山或到海邊游泳時,請千萬要注意安全。

→ _____

② 我洗完澡後寫作業。

→ _____

③ 我去買消夜。你想要吃什麼?

→ _____

4. 看圖作文(請看圖片的內容,試著寫出幾個簡單的句子。)

_____

_____

_____

_____

練習

1. ❶ 寝る　前に、テレビを　見たり　パソコンを　やったり　します。

　 ❷ 寝る　前に、運動したり　ペットと　遊んだり　します。

　 ❸ 寝る　前に、ラジオを　聞いたり　日記を　書いたり　します。

2. ❶ 晩ご飯を　食べた　あとで　します。

　 ❷ お風呂から　出た　あとで　します。

　 ❸ テレビを　見た　あとで　します。

3. ❶ 本を　返して　来ます。

　 ❷ 顔を　洗って　来ます。

　 ❸ お巡りさんに　聞いて　来ます。

問題

1. 問答

　 ❶ 好きな　本を　読んだり　映画を　見たり　して　過ごしたいです。

　 ❷ ラジオで　ニュースを　聞いたり　ネットで　新聞を　読んだり　します。

　 ❸ いいえ、昼ご飯を　食べた　あとで　半時間ぐらい　散歩します。

　 ❹ 晩ご飯を　食べた　あとで　します。

2. 重組

　 ❶ 図書館で　勉強したり　資料を　探したり　する　真面目な　学生が
　　 います。

　 ❷ うわさを　すれば　影が　差す。

　 ❸ かばんを　ロッカーに　置いて　来ます。

　 ❹ 計画を　立てましたから、充実した　夏休みを　過ごしました。

3. 翻譯

① 山を　登ったり　海で　泳いだり　する　時は、くれぐれも　安全に　気を
付けて　ください。

② お風呂から　出た　あとで　宿題を　します。

③ 夜食を　買って　来ます。何が　食べたいですか。

4. 看圖作文（請看圖片的內容，試著寫出幾個簡單的句子。）

（略）

第三課

たいぺい　　　エムアールティー
台北の　MRT

台北的捷運

學習重點

「～んです」：學會如何使用說明句型。

「～たら」：學習單一性、偶發性的假設語氣，以及動作先後的講法。

「～ても」：學習逆接，「即使～也～」的講法。

▶ MP3-15

台北の MRT

　今日は　台北市内で　一番　速くて　便利な　MRTに　乗って　み
ました。乗る　時に　使う　カードは　「悠遊卡」（ヨウヨウカー）
です。これ　一枚で　MRTにも　バスにも　乗る　ことが　できるの
です。

　ホームが　分かりませんでしたから、駅員さんに　尋ねました。そ
して　自動チャージ機を　使った　ことが　ありませんから、また
駅員さんに　聞いて　みました。やって　みたら、操作が　簡単でし
た。

台北的捷運

　　今天我嘗試搭乘了台北市內最快最方便的捷運。搭乘時使用的卡為悠遊
卡。用這張卡捷運和公車皆可搭乘。

　　我不知道要去哪個月台，所以詢問了站員。然後因為我沒有用過自動儲值
機，所以又試著問了站員。試著用過後，覺得操作很簡單。

▶ MP3-16

❶ 政治大学へ 行きたいんです。

我想去政治大學。

❷ もし トラブルが 起きたら すぐ この 非常ボタンを 押して
ください。

如果發生故障,請立即按這個緊急按鈕。

❸ 九時に なったら、会議を 始めましょう。

9 點一到,我們就開始開會吧!

❹ たとえ お金が たくさん あっても、幸せを 買う ことは
できません。

即便有很多錢,也無法買到幸福。

▶ MP3-17

❶ **A** 何が あったんですか。

發生了什麼事？

B パスポートを なくしたんです。

我弄丟了護照。

❷ **A** 珍しいですね。どうして こんな 時間に まだ 図書館に いるんですか。

真難得啊！這時間你怎麼會還在圖書館呢？

B 明日 大切な 試験が あるんです。

因為我明天有重要的考試。

❸ **A** もし 乗車カードの 中の お金が なくなったら、どう しますか。

要是乘車卡裡沒錢了，該怎麼辦呢？

B 自動チャージ機で チャージして ください。コンビニでも できますよ。

請使用自動儲值機加值。在便利超商也可以喔！

❹ **A** 財布を 電車に 忘れて 来たんですが、どう したら いいですか。

我把錢包忘在電車裡了，該怎麼辦才好呢？

B 忘れ物センターに 問い合わせて ください。

請詢問遺失物中心。

❺ **A** 大学を 出たら、何を したい。

大學畢業後，你想做什麼？

B 仕事を 探したいんだ。

我想找工作。

⑥ **A** 昼ご飯を 食べたら、映画を 見に 行きませんか。

吃過午餐之後，要不要一起去看電影？

B いいですね。

好啊！

⑦ **A** どうして 運動しても 痩せないんですか。

為什麼我運動也不會瘦呢？

B どんな 運動を して いますか。

你都做怎樣的運動呢？

⑧ **A** 今、外に 出ますか。暑いですよ。

你現在要外出嗎？很熱喔！

B はい、どんなに 暑くても、ジョギングを したいです。

對，不管再怎麼熱，我都想去慢跑。

1. 例

切符を　買いたいです

→ 切符を　買いたいんですが、どうしたら　いいですか。

❶ インクが　なくなりました

→ _____

❷ お金を　換えたいです

→ _____

❸ 紙詰まりです

→ _____

2. 例

トラブルが　起きます／通報します

→ もし　トラブルが　起きたら、通報して　ください。

❶ お年寄りが　います / 席を　譲ります

→ _____

❷ もし　分からない　ことが　あります / 聞きます

→ _____

❸ もし　遠いです / タクシーに　乗ります

→ _____

❹ もし　明日は　無理です / あさって　来ます

→ _____

3. 例

家へ　帰ります / シャワーを　浴びます

→ 家へ　帰ったら、シャワーを　浴びたいです。

❶  ❷

❸

❶ 大学を　出ます / 留学に　行きます

→ _____

❷ 子供が　大きく　なります / 友達と　遊んだり　します

→ _____

❸ 会社を　やめます / いろいろ　やります

→ _____

4. 例

今度　失敗します / また　頑張ります

→ たとえ　今度　失敗しても、また　頑張りたいです。

①

②

③

④

① 結婚します / 働きます

→ _____

② お金が　ありません / 旅行します

→ _____

③ 高いです / この　携帯を　買います

→ _____

④ たとえ　雨です / 散歩します

→ _____

① **A** あのう、すみませんが、動物園行きは 何番ホームですか。

嗯，不好意思，請問去動物園是幾號月台呢？

B 二番ホームです。

2 號月台。

A どうも ありがとう ございます。

非常謝謝你。

B いいえ。

不客氣。

A それから、チャージしたいんですが、どう したら いいですか。

然後，我想要加值，該怎麼辦才好呢？

B どうぞ こちらの 自動チャージ機を 使って ください。

請使用這邊的自動儲值機。

A あのう、使い方が 分からないんですが。

可是，我不知道用法。

B まずは カードを ここに 置いて、それから、お金を 入れて ください。

請你先把卡片放在這裡，然後再投錢。

A お札で いいですか。

可以用紙鈔嗎？

B いいですよ。

可以啊！

A はい、カードを ここに 置いて、お札を 入れますね。

好的，把卡放這裡，然後放進紙鈔對吧！

B はい。次に 「確認」ボタンに 触れて ください。これで チャージが 始まります。

對。接著請觸摸「確認」鍵。這樣就會開始加值。

A はい、分かりました。本当に ありがとう ございます。

好，我明白了。真的很謝謝你。

▶ MP3-19

❷ **A** あのう、すみません。動物園へ 行きたいんですが、何番線に 乗ったら いいですか。

嗯，不好意思。我想去動物園，該搭幾號線才好呢？

B 「文湖線」に 乗って ください。

請搭「文湖線」。

A それから、カードの 中の お金が なくなったんですが、どう したら いいですか。

然後，卡片裡已經沒錢了，該怎麼辦才好呢？

B どうぞ 自動チャージ機を 使って ください。使い方が 分かりますか。

請使用自動儲值機。你知道用法嗎？

A いいえ、よく 分かりません。教えて ください。

不，我不是很清楚。請教我一下。

B まずは　カードを　ここに　置いて、それから、お金を　入れて
ください。

請先把卡片放在這裡，然後投錢。

A はい。でも、お札が　入らないんですが。

好。可是，紙鈔進不去。

B もう　一度　やって　みましょう。

再試一次看看吧！

A はい。入りました。

好。進去了。

B チャージが　始まって　いますよ。

儲值開始囉！

A 本当に　ありがとう　ございます。

真的很謝謝你。

▶ MP3-20

❸ A あのう、すみませんが、動物園行きは　何番ホームですか。

那個……，不好意思，去動物園是幾號月台呢？

B さあ、私も　よく　分かりません。駅員に　聞いて　ください。

這個嘛，我也不是很清楚。請去問站員。

A すみません。

對不起。

B いいえ。

不會。

Ⓐ あのう、すみません。動物園へ　行きたいんですが、
何番ホームですか。

那個……，不好意思。我想去動物園，請問是幾號月台呢？

Ⓑ 二番ホームです。

2號月台。

Ⓐ それから、チャージしたいんですが、どう　したら　いいですか。

然後，我想要加值，該怎麼辦才好呢？

Ⓑ どうぞ　こちらの　自動チャージ機を　使って　ください。

請使用這邊的自動儲值機。

Ⓐ あのう、使い方が　分からないんですが、教えて　ください。

可是，我不知道用法，請教我一下。

Ⓑ まずは　カードを　ここに　置いて、それから、お金を　入れて
ください。

請先把卡放在這裡，然後投錢。

Ⓐ はい、カードを　ここに　置いて、お金を　入れますね。

好的，把卡放這裡，然後把錢放進去對吧！

Ⓑ はい。次に　「確認」ボタンに　触れて　ください。これで
チャージが　始まります。ちょっと　待ちましょう。

對。接著請觸碰「確認」鍵。這樣就會開始加值。等一下吧！

Ⓐ はい、分かりました。本当に　ありがとう　ございます。

好的，我明白了。非常謝謝你。

⑥ 単語（たんご）｜單字

1	② 起きる（お）	動詞（Ⅱ）	發生～（事物）
2	③ 頑張る（がんば）	動詞（Ⅰ）	加油，努力
3	① 込む（こ）	動詞（Ⅰ）	擁擠
4	⓪ 失敗する（しっぱい）	動詞（Ⅲ）	失敗
5	③ 尋ねる（たず）	動詞（Ⅱ）	詢問
6	① チャージする	動詞（Ⅲ）	加值
7	⓪ 通報する（つうほう）	動詞（Ⅲ）	通報，通知
8	② できる	動詞（Ⅱ）	完成
9	③ 手伝う（てつだ）	動詞（Ⅰ）	幫忙
10	⑤ 問い合わせる（と、あ）	動詞（Ⅱ）	打聽，詢問
11	⓪ なくなる	動詞（Ⅰ）	沒有，不見，遺失
12	⓪ 始まる（はじ）	動詞（Ⅰ）	～（事物）開始
13	⓪ 始める（はじ）	動詞（Ⅱ）	開始～（事物）
14	⓪ 痩せる（や）	動詞（Ⅱ）	瘦
15	⓪ 止める・辞める（や、や）	動詞（Ⅱ）	放棄，停止，作罷，辭職
16	⓪ 譲る（ゆず）	動詞（Ⅰ）	禮讓
17	⑤ 案内標識（あんないひょうしき）	名詞	導覽標誌
18	⓪ ① インク	名詞	墨水
19	② 駅員（えきいん）	名詞	站員
20	③ （お）年寄り（としよ）	名詞	長者，老人家
21	① カード	名詞	卡

22	0	紙詰まり（かみづまり）	名詞	夾紙，卡紙
23	1	頃（ころ）	名詞	時候，時期
24	0	財布（さいふ）	名詞	錢包
25	6	自動チャージ機（じどうチャージき）	名詞	自動儲值機
26	1	市内（しない）	名詞	市內
27	1	手段（しゅだん）	名詞	手段
28	0	乗車（じょうしゃ）	名詞	乘車
29	1	操作（そうさ）	名詞	操作
30	2	トラブル	名詞	狀況，麻煩
31	0	乗り物（のりもの）	名詞	交通工具
32	0	バス停（バスてい）	名詞	公車站牌
33	3	パスポート	名詞	護照
34	4	非常ボタン（ひじょうボタン）	名詞	緊急按鈕
35		～行き・～行き（～いき・～ゆき）	名詞	往～
36	2	近い（ちかい）	い形容詞	近的
37	2	早い・速い（はやい・はやい）	い形容詞	早的，快的
38	4	珍しい（めずらしい）	い形容詞	珍奇的，罕見的
39	1	さてと	感嘆詞	那麼（表示自問，勸誘）
40	2	たとえ	副詞	縱使，就算
41	1	もし	副詞	如果，假使，萬一
42		～でございます	連語	是～。（比「です」更禮貌、更客氣的說法）

1. 問答

❶ 荷物を 電車に 忘れて 来たんですが、どう したら いいですか。

→ _____

❷ もし 新しい 携帯は あまり 高く なかったら、買いますか。

→ _____

❸ 大学を 出たら、すぐ 働きますか。

→ _____

❹ たとえ 疲れて いても、勉強を しますか。

→ _____

2. 重組

❶ 一番 / ＭＲＴ は / 台北市内で / 乗り物です / 便利な / 速くて

→ _____

❷ 家へ / どうして / んですか / 時間に / 帰らない / まだ / こんな

→ _____

❸ 食べて / 少し / どんなに / ぐらいは / ください / 嫌いでも

→ _____

❹ 夜食を / 映画を / 見たら / 食べませんか / どこかで

→ _____

3. 翻譯

❶ 就算下雨，我也要慢跑。 → _____

❷ 我想要加值，該怎麼辦呢？ → _____

❸ 到了暑假，我想要打工。 → _____

④ 要是卡紙了，請按這個鈕。 → _____

⑤ 即使很遠，我也要去。 → _____

4. 看圖作文（請看圖片的內容，試著寫出幾個簡單的句子。）

_____

_____

_____

_____

_____

練習

1. ❶ インクが　なくなったんですが、どう　したら　いいですか。

　❷ お金を　換えたいんですが、どう　したら　いいですか。

　❸ 紙詰まりなんですが、どう　したら　いいですか。

2. ❶ もし　お年寄りが　いたら、席を　譲って　ください。

　❷ もし　分からない　ことが　あったら、聞いて　ください。

　❸ もし　遠かったら、タクシーに　乗って　ください。

　❹ もし　明日は　無理だったら、あさって　来て　ください。

3. ❶ 大学を　出たら、留学に　行きたいです。

　❷ 子供が　大きく　なったら、友達と　遊んだり　したいです。

　❸ 会社を　やめたら、いろいろ　やりたいです。

4. ❶ たとえ　結婚しても、働きたいです。

　❷ たとえ　お金が　なくても、旅行したいです。

　❸ たとえ　高くても、この　携帯を　買いたいです。

　❹ たとえ　雨でも、散歩したいです。

問題

1. 問答

❶ お忘れ物センターに　電話して　みて　ください。

❷ はい、買いたいです。

❸ はい、仕事を　探して　働きたいです。

❹ いいえ、疲れて　いたら、コーヒーを　飲んだりして　休みます。

2. 重組

❶ MRT は　台北市内で　一番　速くて　便利な　乗り物です。

❷ どうして　こんな　時間に　まだ　家へ　帰らないんですか。

❸ どんなに　嫌いでも　少しぐらいは　食べて　ください。

❹ 映画を　見たら　どこかで　夜食を　食べませんか。

3. 翻譯

❶ 雨でも、ジョギングしたいです。

❷ チャージしたいんですが、どう　したら　いいですか。

❸ 夏休みに　なったら、アルバイトを　したいです。

❹ もし　紙詰まりだったら、この　ボタンを　押して　ください。

❺ たとえ　遠くても、行きます。

4. 看圖作文（請看圖片的內容，試著寫出幾個簡單的句子。）

（略）

第四課

<ruby>電車<rt>でんしゃ</rt></ruby>の　<ruby>中<rt>なか</rt></ruby>

電車裡

學習重點

「～ながら」：學習表達兩個動作同時進行。

「～ことに　する」：學會決定句型。

「～と」：學會如何使用表示必然假設的接續助詞「と」。

▶ MP3-22

電車の 中

地下鉄に 乗ってから、車内の 人たちを 観察する ことに しました。一生懸命 勉強して いる 学生も いましたが、多くの 人は 携帯電話を 使って いました。こんな 車内風景は だいたい 日本と 同じです。

電車の 中では お年寄りなどが いなくても 優先席に 座る 人は いませんでした。これも 当たり前の ことです。地下鉄を 降りて、改札口まで 来ました。カードを かざすと 扉が 開き、通る ことが できました。これ、本当に 便利です。

電車裡

搭地鐵之後，我決定觀察車裡的人們。其中也有拚命用功的學生，但多數人都在使用手機。這樣的車內景緻大概和日本是一樣的。

電車裡即便沒有老人家，也沒有人去坐博愛座。這也是理所當然之事。下了地鐵，我來到了剪票口。只要刷過卡片，閘口就會打開，然後順利通過。這真的很方便。

▶ MP3-23

① 音楽を　聞きながら　勉強して　います。

我都邊聽音樂邊唸書。

② 冬休みに　東京へ　行く　ことに　しました。

我決定寒假要去東京了。

③ ここに　触ると　扉が　開きます。

只要觸碰這裡，門就會打開。

❸ 例文｜例句

❶ **A** 携帯を　かけながら　運転しては　いけませんよ。

不可以邊講手機邊開車喔！

B はい、降りてから　かけます。

好的，我下車後再打。

❷ **A** 母さん、テレビを　見ながら　宿題を　しても　いい？

媽！我可以邊看電視邊寫作業嗎？

B だめ！

不行！

❸ **A** ダイエットを　始める　ことに　します。

我決定要開始減肥。

B じゃ、これ、全部　食べないでしょう。

那，這些你全都不吃吧？！

❹ 今日は　何も　買わない　ことに　した。

我決定了今天什麼都不買。

❺ **A** すみません。水が　出ないんですが。

不好意思。水出不來。

B センサーに　手を　かざすと　水が　出ますよ。

你只要把手遮向感應器，水就會出來啦！

❻ **A** すみません。この　近くに　スーパーが　ありますか。

不好意思。這附近有超市嗎？

B はい、この　道を　まっすぐ　行くと　左に　あります。

有，這條路直走，就在左邊。

1. 例

食べます / 待ちます

→ 食べながら　待って　います。

❶ 携帯電話を　かけます / 歩きます

→ _____

❷ 音楽を　聞きます / ジョギングします

→ _____

❸ 歌を　歌います / シャワーを　浴びます

→ _____

2. 例

電話番号を　知って　います / 一応　メールで　尋ねます

→ 電話番号を　知って　いますが、一応　メールで　尋ねる

　ことに　しました。

❶ ちょっと 不便です / バスで 通います

→ _____

❷ 大変 疲れて います / 歩いて 行きます

→ _____

❸ 風邪を 引いて います / 学校を 休みません

→ _____

❹ 一人だけでは 寂しいです / 国へ 帰りません

→ _____

3. 例

お金を 入れます / トークンが 出ます
→ お金を 入れると トークンが 出るんです。

❶ 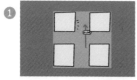　❷

❸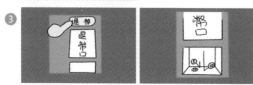

❶ あの 信号を 渡ります / 左に あります

→ _____

❷ 前の 角を 曲がります / 右に あります

→ _____

❸ この ボタンを 押します / おつりが 出ます

→ _____

❶ **A** もしもし、陳ですけど。今 どこに いますか。

喂！我是小陳。你現在在哪呢？

B 陳さん、おはよう ございます。今 電車の 中です。

小陳你早。我現在在電車裡。

A きっと 人が 大勢 いるでしょう。

一定很多人吧！

B うん、とても 込んで いますよ。

嗯，好擠喔！

A 三井さんは 電車の 中で 何を して いますか。

三井同學正在電車裡做什麼呢？

B 中国語の ＣＤを 聞きながら 新聞を 読んで います。

我一邊聽中文 CD，一邊看報紙。

A 三井さんは 真面目ですね。

三井同學好認真喔！

B いいえ。ところで、分からない ことが あるんですが、聞いても いいですか。

沒有啦！對了，我有件事不明白，可以問你嗎？

A はい、何でしょう。

可以啊！什麼事呢？

B 「博愛座（ボー・アイ・ズォ）」は 日本語の 「シルバーシート」ですか。

中文的「博愛座」就是日文的「シルバーシート」嗎？

A そうですよ。もし お年寄りや 体の 不自由な 人が いたら、必ず 譲って くださいね。

沒錯！要是有老人家或是身體不方便的人，請務必讓座喔！

B また、ＭＲＴの 中では 食べたり 飲んだり しては いけませんか。

還有，在捷運裡不准飲食嗎？

A はい、飲み物を 飲んだり、ガムを かんだり すると 千五百元の 罰金ですよ。

對，喝東西或嚼口香糖，會被罰款 1500 元喔！

B 分かりました。ありがとう。

我知道了。多謝。

▶ MP3-26

② **A** もしもし、陳ですけど。今 どこに いますか。

喂！我是小陳。你現在在哪裡呢？

B 陳さん、おはよう ございます。今 電車の 中に います。

小陳你早。我現在在電車裡。

A きっと 人が 大勢 いるでしょう。

一定很多人吧！

B ええ、ラッシュアワーですから、込んで いますよ。

嗯，因為是尖峰時間，所以好擠喔！

A 三井さんは 電車の 中で 何か して いますか。

三井同學在電車裡都會做些什麼呢？

B ええ、学校まで まだ 時間が ありますから、新聞を 読みながら 単語を 覚えて います。

會，因為到學校還有時間，我都會邊看報紙邊記單字。

A 三井さんは 真面目ですね。

三井同學真認真呢！

B いいえ。ところで、ちょっと 分からない ことが あるんですが、聞いても いいですか。

沒有啦！對了。我有件事情有點不明白，可以問你嗎？

A いいですよ。何ですか。

可以啊！什麼事呢？

B 壁に 赤い ボタンが あるんですが、あれは 非常ボタンですか。

牆壁上有個紅色的按鈕，那是緊急按鈕嗎？

A そうですよ。何か トラブルが 起きたら、すぐ 押して 通報する ことが できます。

是啊！要是發生什麼狀況，可以立刻按下進行通報。

B また、MRTの 中で しては いけない ことが ありますか。

還有，捷運裡有不可以做的事嗎？

A はい、食べたり、ガムを かんだり すると 千五百元の 罰金に なりますよ。

有，如果吃東西或嚼口香糖，會處以 1500 元的罰款喔！

B 分かりました。気を つけます。ありがとう。

我懂了。會小心的。謝謝。

❸ Ⓐ もしもし、陳ですけど。今 どこですか。

喂！我是小陳。你現在在哪呢？

Ⓑ 陳さん、おはよう ございます。今 電車の 中に います。

小陳你早。我現在人在電車裡。

Ⓐ きっと 人が 大勢 いるでしょう。

人一定很多吧！

Ⓑ いいえ、そんなに 込んで いないんです。ラッキー！

不會，沒有那麼擠。真幸運！

Ⓐ よかったですね。ところで、三井さんは 電車の 中で 何を して いますか。

太好了。對了。三井同學在電車裡做什麼呢？

Ⓑ 何も して いませんが、学校まで まだ 時間が ありますから、中国語の 単語を 覚える ことに します。

我什麼都沒做，不過距離到學校還有時間，所以我決定要來背中文單字。

Ⓐ 三井さんは 真面目ですね。

三井同學真是認真啊！

Ⓑ いいえ。また 聞きたい ことが あるんですが、いいですか。

沒有啦！我還有件事想問你，可以嗎？

Ⓐ はい、どうぞ。

可以，請説。

Ⓑ 「博愛座（ボー・アイ・ズォ）」は 日本語の 「優先席」ですか。

中文「博愛座」就是日文的「優先席」嗎？

A そうですよ。もし　お年寄りや　体の　不自由な　人が　いたら、必ず　譲りましょう。

對啊！要是有老人家或身體不方便的人，一定要讓座喔！

B それから、ＭＲＴの　中では　飲食禁止に　なって　いますか。

另外，捷運裡頭是禁止飲食嗎？

A はい、食べたり、飲み物を　飲んだり　すると　千五百元の　罰金ですよ。

對，如果吃吃喝喝，會被處罰款 1500 元喔！

B 分かりました。ありがとう。

我知道了。謝謝。

❻ 単語 | 單字
<ruby>単語<rt>たん ご</rt></ruby>

1	②	<ruby>開<rt>ひら</rt></ruby>く	動詞（Ⅰ）	打開，開啟
2	②	かかる	動詞（Ⅰ）	花費
3	⓪	（カードを）かざす	動詞（Ⅰ）	刷過，遮住（卡）
4	①	<ruby>噛<rt>か</rt></ruby>む	動詞（Ⅰ）	咬，嚼
5	⓪	<ruby>観察<rt>かん さつ</rt></ruby>する	動詞（Ⅲ）	觀察
6	⓪	（〜に）<ruby>触<rt>さわ</rt></ruby>る	動詞（Ⅰ）	觸摸，碰觸
7	①	（〜に）<ruby>着<rt>つ</rt></ruby>く	動詞（Ⅰ）	抵達
8	⓪	つかまる	動詞（Ⅰ）	緊緊抓住
9	⓪	<ruby>曲<rt>ま</rt></ruby>がる	動詞（Ⅰ）	轉彎，彎曲
10	⓪	<ruby>渡<rt>わた</rt></ruby>る	動詞（Ⅰ）	穿越，經過
11	⓪	<ruby>飲食<rt>いん しょく</rt></ruby>	名詞	飲食
12	⓪	おつり	名詞	找的零錢
13	④	<ruby>改札口<rt>かい さつ ぐち</rt></ruby>	名詞	剪票口
14	①	<ruby>角<rt>かど</rt></ruby>	名詞	角落
15	①	ガム	名詞	口香糖
16	⓪	<ruby>禁止<rt>きん し</rt></ruby>	名詞	禁止
17	①	<ruby>車内<rt>しゃ ない</rt></ruby>	名詞	車內
18	⓪	<ruby>信号<rt>しん ごう</rt></ruby>	名詞	紅綠燈
19	①	センサー	名詞	感應器

20	0	つり革 (かわ)	名詞	吊環
21	3	手すり (て)	名詞	扶手
22	1	トークン	名詞	（如 MRT 之）代幣
23	0	扉 (とびら)	名詞	門
24	0	罰金 (ばっきん)	名詞	罰款
25	0	左 (ひだり)	名詞	左
26	0	右 (みぎ)	名詞	右
27	0	明るい (あか)	い形容詞	明亮的，開朗的
28	0	当たり前 (あ) (まえ)	な形容詞・名詞	理所當然的
29	5	一生懸命 (いっしょうけんめい)	副詞，な形容詞	拚命
30	2	失礼 (しつれい)	な形容詞	失禮的，沒禮貌的
31	2 1	不自由 (ふ) (じ) (ゆう)	な形容詞	不自由的，不方便的
32	0	同じ (おな)	な形容詞	相同的
33	0	一応 (いち) (おう)	副詞	姑且，暫且
34	0	大体 (だい) (たい)	副詞	大體上，大致
35	1	特に (とく)	副詞	特別地
36	3	まっすぐ	副詞，な形容詞	筆直地
37	2	或いは (ある)	接續詞	或者
38	1	だから	接續詞	所以

1. 問答

❶ あなたは 電車の 中で 何を して いますか。

→ _____

❷ テレビを 見ながら ご飯を 食べますか。

→ _____

❸ どう やって 改札口を 通りますか。

→ _____

❹ 「博愛座」は 日本語で 何ですか。

→ _____

2. 重組

❶ タバコを / よくない / やめる / した / 体に / ことに / から

→ _____

❷ すると / 罰金です / 千五百元の / ガムを / 噛んだり

→ _____

❸ いけません / 歩いては / 見ながら / 携帯電話を

→ _____

❹ 風邪を / 休まない / いますが / しました / 引いて / 会社を / ことに

→ _____

3. 翻譯

❶ 把錢放進去這裡，代幣就會出來。

→ _____

❷ 因為在下雨，所以決定坐計程車去。

→ _____

❸ 雖然很累，但還是決定不坐。

→ _____

❹ 早上我都邊聽音樂邊等公車。

→ _____

4. 看圖作文（請看圖片的內容，試著寫出幾個簡單的句子。）

_____

_____

_____

_____

練習

1. ❶ 携帯電話を　かけながら　歩いて　います。

　　❷ 音楽を　聞きながら　ジョギングして　います。

　　❸ 歌を　歌いながら　シャワーを　浴びて　います。

2. ❶ ちょっと　不便ですが、バスで　通う　ことに　しました。

　　❷ 大変　疲れて　いますが、歩いて　行く　ことに　しました。

　　❸ 風邪を　引いて　いますが、学校を　休まない　ことに　しました。

　　❹ 一人だけでは　寂しいですが、国へ　帰らない　ことに　しました。

3. ❶ あの　信号を　渡ると　左に　あるんです。

　　❷ 前の　角を　曲がると　右に　あるんです。

　　❸ この　ボタンを　押すと　おつりが　出るんです。

問題

1. 問答

❶ スマホで　動画を　見て　います。

❷ はい、テレビを　見ながら　ご飯を　食べます。

❸ 乗車カードを　かざすと　通ります。

❹ シルバーシートか　優先席です。

2. 重組

❶ 体に　よくないから、タバコを　やめる　ことに　した。

❷ ガムを　噛んだり　すると、千五百元の　罰金です。

❸ 携帯電話を　見ながら　歩いては　いけません。

❹ 風邪を　引いて　いますが、会社を　休まない　ことに　しました。

3. 翻譯

❶ お金を　ここに　入れると　トークンが　出ます。

❷ 雨が　降って　いますから、タクシーで　行く　ことに　しました。

❸ 疲れて　いますが、座らない　ことに　しました。

❹ 朝　いつも　音楽を　聞きながら　バスを　待って　います。

4. 看圖作文（請看圖片的內容，試著寫出幾個簡單的句子。）

　　（略）

MEMO

第五課

たいわん あさいち
台湾の 朝市

台灣的早市

學習重點

學習日文動詞如何變成「可能・能力型」。

「～て　もらう/～て　くれる/～て　あげる」：學會表達三類的
授受關係。

▶ MP3-29

台湾の 朝市

　台湾の 朝市は 野菜、果物、肉、魚、惣菜屋さんなど、何でも あって、とても 便利です。朝市ですから、だいたい 7時すぎには ほとんどの 店が 営業を 始めます。

　店の ご主人は 親切で 優しい 人が 多いです。しかも、人情味が 溢れる ことを 強く 感じられる ところです。そして、店頭には 旬の 果物、野菜が 並んで います。朝市では 季節を 教えて くれますから、日本と 食習慣が 違っても、ぜひ 一度 行って みて ください。元気な 台湾人から 一日の パワーを もらいましょう。

台灣的早市

　　台灣的早市有菜、水果、肉、魚、熟食等攤位，什麼都有，非常方便。因為是早市，所以差不多七點過後大部分的攤商都開始做生意。

　　店家老闆多數親切又和善。而且，是個可以強烈感受到洋溢人情味的地方。另外，店頭陳列著當季的水果、蔬菜。早市會告訴我們季節，因此即便和日本的飲食習慣不同，也請務必去一次看看。從元氣滿滿的台灣人身上獲得一天的能量吧！

▶ MP3-30

❶ 私は 日本語が 少し 話せます。

我會説一點日文。

❷ ハンバーガーに コーラを ください。

請給我漢堡和可樂。

❸ 私は 友達に 英語を 教えて あげました。

我教朋友英文了。

❹ 駅員さんは 行き方を 教えて くれました。

站員告訴我怎麼去了。

❺ パソコンが 壊れて いますから、友達に 見て もらいました。

電腦壞了，所以我請朋友幫我看一下了。

③ 例文 | 例句

① **A** 佐藤さんは　英語の　新聞が　読めますか。

佐藤同學你看得懂英文報嗎？

B はい、だいたい　読めます。

可以，大致看得懂。

② **A** 図書館の　雑誌は　借りられますか。

圖書館的雜誌可以借嗎？

B いいえ、借りられません。

不行，不能借。

③ **A** 李さんに　誕生日プレゼントを　あげませんか。

要不要送李小姐生日禮物呢？

B じゃ、傘は　どうでしょうか。

那，你覺得送傘如何？

④ **A** この　ポスターを　もらっても　いいですか。

我可以拿這張海報嗎？

B どうぞ。もう　一枚　持って　いますから。

請。我還有一張。

⑤ **A** 母さん、あれが　欲しいんだけど。

媽，人家想要那個。

B じゃ、買って　あげるよ。

那，就買給你喔。

⑥ **A** 誕生日プレゼントに　おばあさんに　何を　あげますか。

你要送奶奶什麼當生日禮物呢？

B おばあちゃんを　１０１ビルへ　連れて　行って　あげたいです。

我想帶奶奶去 101 大樓。

⑦ **A** きれいな　写真ですね。誰が　撮ったんですか。

好漂亮的照片啊！是誰拍的？

B 友達が　撮って　くれました。

我朋友幫我拍的。

⑧ **A** どうして　あんなに　高い　パソコンが　買えたんですか。

你怎麼買得起那麼貴的電腦呢？

B 兄が　お金を　貸して　くれたんです。

因為我哥借我錢。

⑨ **A** あのう、使い方が　分からないんですが、教えて　もらえますか。

不好意思，我不知道用法，可以請你教我嗎？

B すみませんが、わたしも　よく　分かりません。お役に　立てなくて
すみませんね。

對不起，我也不是很清楚。沒能幫上忙，對不起喔！

⑩ **A** 王さんは　歌が　上手ですよ。

王先生很會唱歌喔！

B じゃ、王さんに　歌を　歌って　もらいましょう。

那，我們就請王先生為我們唱首歌吧！

④ 練習(れんしゅう) | 練習

1. 例

明日(あした)　試験(しけん)が　あります / 一緒(いっしょ)に　遊(あそ)びに　行(い)きます

→ 明日(あした)　試験(しけん)が　ありますから、一緒(いっしょ)に　遊(あそ)びに　行(い)けません。

❶ 

❷ 

❸ 

❹ 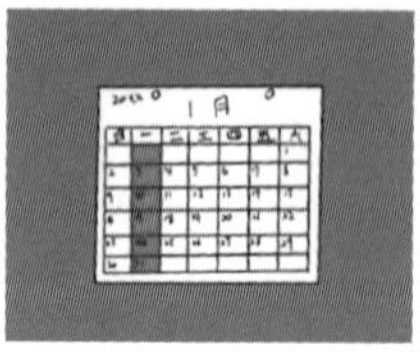

❶ 水(みず)が　怖(こわ)いです / 泳(およ)ぎます

→ ______________________________

❷ 操作(そうさ)が　複雑(ふくざつ)です / すぐ　使(つか)い方(かた)を　覚(おぼ)えます

→ ______________________________

❸ ここは　駐車禁止(ちゅうしゃきんし)です / 車(くるま)を　止(と)めます

→ ______________________________

❹ 月曜日(げつようび)は　休(やす)みです / 利用(りよう)します

→ ______________________________

2. 例

おじいちゃん / 新聞を　読みます

→ 私は　おじいちゃんに　新聞を　読んで　あげました。

❶  　❷

❸

❶ おばあさん / 荷物を　持ちます

→ _____

❷ リサちゃん / 旅行の　写真を　見せます

→ _____

❸ 太郎君 / お弁当を　作ります

→ _____

3. 例

　　佐藤さん / 車で　家まで　送ります

　→ 佐藤さんは　車で　家まで　送って　くれました。

❶   ❷

❸

❶ 先輩 / 学校を　案内します

→ _____

❷ 三井さん / 席を　譲ります

→ _____

❸ 陳さん / カードで　払います

→ _____

4. 例

携帯を　忘れて　来ました / 貸します

→ 携帯を　忘れて　来たんですが、貸して　もらえますか。

 ①  ②  ③

❶ アパートを　探して　います / 手伝います

→ _____

❷ すぐ　戻ります / 待ちます

→ _____

❸ ここは　禁煙です / やめます

→ _____

▶ MP3-32

① **A** 奥さん、とりたての スイカは いかが。おいしいですよ。
ちょっと 試食して みません。

這位太太，要不要買新鮮的西瓜？很好吃喔！要不要試吃看看？

B はい、いただきます。

好，我來嘗嘗。

A おいしくて 安いですよ。

好吃又便宜喔！

B うん、甘い。じゃあ、スイカ 一個 ちょうだい。

嗯，很甜。好吧！給我一顆西瓜。

A はいよ。ちょっと お待ち。

好的。等我一下。

B いくらですか。

多少錢？

A 百十元です。

110 元。

B 他に 旬の ものは 何か ありますか。

當季的東西還有其他的嗎？

A そうだね。ヘチマとか どうかな。

我看看。絲瓜要不要？

B へえ、ヘチマが 食べられるの。

什麼？絲瓜能吃嗎？

A 食べられますよ。おいしいです。

可以吃啊！很好吃。

B でも　ヘチマは　ちょっと　高いね。安く　して　もらえる。

可是絲瓜有點貴欸。可以算我便宜點嗎？

A そうだね。奥さんが　美人だから、五元　負けて　あげるかな。

好吧！太太你長得這麼漂亮，所以少算你 5 元好啦！

B 全部で　いくらですか。

總共多少錢？

A 百三十五元です。

135 元。

B はい、これで　お願いします。

來，給你。

A 六十五元の　おつりです。毎度　ありがとう。

找你 65 元。多謝愛顧。

▶ MP3-33

❷ **A** 奥さん、とりたての　スイカは　いかが。おいしいですよ。
ちょっと　試食して　みません。

這位太太，要不要買新鮮的西瓜？很好吃喔！要不要試吃看看？

B じゃ、ちょっとだけ　試食しましょう。

那，我就吃一點看看吧！

A おいしくて　安いですよ。

好吃又便宜喔！

B うん、甘くて　おいしい。じゃ、小さい　のを　一個　選んで
くれる。

嗯，很甜很好吃。那，你可以幫我挑個小的嗎？

A はいよ。これは　どう。

沒問題。這顆怎樣？

B はい、いくらですか。

好，多少錢？

A 百十元です。

110 元。

B 他に　旬の　ものは　何か　ありますか。

當季的東西還有其他的嗎？

A そうだね、ヘチマとか　どうかな。

我看看。絲瓜要不要？

B へえ、ヘチマで　料理が　作れるの。

什麼？絲瓜可以做菜？

A そうですよ。ヘチマ料理は　とても　おいしいですよ。

對啊！絲瓜料理可好吃啦！

B でも　ちょっと　高いね。もう少し　安く　して　もらえない。

可是有點貴欸。可不可以再算我便宜點？

A そうだね。奥さんが　美人だから、五元　負けて　あげるかな。

好吧！太太你長得這麼漂亮，所以少算你 5 元好啦！

B ありがとう。全部で　いくらですか。

謝謝。總共多少錢？

A 百三十五元です。

135 元。

B はい、細かい お金が ありますから、ちょっと 待って
ください。

好，我有零錢，等我一下。

A 毎度 ありがとう。

謝謝愛顧。

▶ MP3-34

❸ **A** 奥さん、とりたての スイカは いかが。おいしいですよ。
ちょっと 試食して みません。

這位太太，要不要買新鮮的西瓜？很好吃喔！要不要試吃看看？

B う～ん、今日は リンゴが 買いたいですね。

嗯～，今天我想要買蘋果耶。

A すみません。今日は リンゴは ありません。スイカは
いかがですか。

對不起。今天沒有蘋果。西瓜怎麼樣？

B う～ん、子供は スイカが あまり 好きではありませんが。

嗯～。小孩子不太喜歡吃西瓜。

A じゃ、マンゴーは いかが。今は 旬ですよ。

那，芒果哩？現在正是產季喔！

B いくらですか。

多少錢？

A 九十元です。

90 元。

B 他に　旬の　ものは　ありますか。

當季的東西還有別的嗎？

A そうだね、ヘチマとか　どうかな。

我看看。絲瓜要不要？

B へえ、台湾人は　ヘチマを　食べますか。

什麼？台灣人吃絲瓜嗎？

A そうですよ。ヘチマ料理は　とても　おいしいですよ。

對啊！絲瓜料理可好吃啦！

B でも　他の　野菜より　ちょっと　高いね。もう少し　安く　して
もらえる。

可是，它比其他青菜貴一點。可以算我再便宜點嗎？

A そうだね。奥さんが　美人だから、五元　負けて　あげるかな。

好吧！太太你長得這麼漂亮，所以少算你 5 元好啦！

B ありがとう。全部で　いくらですか。

謝謝。總共多少錢？

A 百十五元です。

115 元。

B すみません。千元で　お願いします。

不好意思。1000 元給你。

A 八百八十五元の　おつりです。毎度　ありがとう。

找你 885 元。謝謝愛顧。

▶ MP3-35

1	3	溢れる（あふ）	動詞（Ⅱ）	充滿，洋溢
2	3	案内する（あんない）	動詞（Ⅲ）	響導，引導
3	0	頂く（いただ）	動詞（Ⅰ）	領受，「もらう」的謙虛語
4	3	覚える（おぼ）	動詞（Ⅱ）	記住，記得
5	0	貸す（か）	動詞（Ⅰ）	借（出）
6	0	感じる（かん）	動詞（Ⅱ）	感受，感覺
7	0	試食する（ししょく）	動詞（Ⅲ）	試吃
8	0	連れる（つ）	動詞（Ⅱ）	帶領
9	3 0	出回る（でまわ）	動詞（Ⅰ）	（產品大量）上市
10	0	負ける（ま）	動詞（Ⅱ）	減價，算便宜
11	2-1	役に 立つ（やく　た）	動詞（Ⅰ）	有助益
12	0	頂戴（ちょうだい）	動詞（Ⅲ）	請給我，與「下さい」同義，但帶有親近的語氣，一般不寫漢字
13	0	並ぶ（なら）	動詞（Ⅰ）	排列好，排隊
14	2	見せる（み）	動詞（Ⅱ）	出示，讓～看
15	2	朝市（あさいち）	名詞	早上的市場，早市
16	2	亜熱帯（あねったい）	名詞	亞熱帶
17	0	営業（えいぎょう）	名詞	營業
18	1	奥さん（おく）	名詞	太太，夫人
19	2	おばあさん	名詞	奶奶，婆婆

20	0	活気（かっき）	名詞	活力，朝氣
21	2	季節（きせつ）	名詞	季節
22	0	禁煙（きんえん）	名詞	禁煙
23	0	魚（さかな）	名詞	魚
24	3	尻尾（しっぽ）	名詞	尾巴
25	0	旬（しゅん）	名詞	當季，盛產的季節
26	0	スイカ・西瓜（すいか）	名詞	西瓜
27	0	惣菜・総菜（そうざい・そうざい）	名詞	菜餚
28	0	駐車禁止（ちゅうしゃきんし）	名詞	禁止停車
29	0	店頭（てんとう）	名詞	店頭，店前
30	0	取りたて・獲りたて（と・と）	名詞	剛採下，剛捕獲
31	0	豚足（とんそく）	名詞	豬腳
32	2	肉（にく）	名詞	肉
33	3	人情味（にんじょうみ）	名詞	人情味
34	0	値段（ねだん）	名詞	價格
35	0	値引き（ねび）	名詞	減價
36	1	パワー	名詞	力量，權勢
37	0	豚（ぶた）	名詞	豬
38	0	ヘチマ・糸瓜（へちま）	名詞	絲瓜

39	0	他・外	名詞	另外，其他
40	0	両側	名詞	兩側
41		～個	接尾語	～個
42		～頃	接尾語	～左右（大約時間點）
43		～君	接尾語	用來稱呼同輩或晚輩
44		～過ぎ	接尾語	超過～
45		～ちゃん	接尾語	「さん」的親暱用法
46	2	怖い	い形容詞	害怕的，可怕的

1. 請將下列動詞「る形」改為可能動詞

❶ 泳ぐ		❷ 立てる		❸ 過ごす	
❹ 尋ねる		❺ 手伝う		❻ 譲る	
❼ 起きる		❽ 噛む		❾ 掛ける	
❿ 立つ		⓫ 感じる		⓬ 遊ぶ	
⓭ 書く		⓮ 寝る		⓯ 撮る	

2. 問答

❶ 日本人は　ヘチマを　食べますか。

→ _____

❷ 台湾の　朝市は　どんな　ところですか。

→ _____

❸ 日本語の　新聞が　読めますか。

→ _____

❹ 今年の　お誕生日に　何か　もらいましたか。

→ _____

❺ お年寄りなどに　席を　譲って　あげますか。

→ _____

3. 重組

❶ 教えて / 読めない / んですが / もらえない / この　漢字が / でしょうか

→ _____

❷ この　写真は / くれました / 撮って / 友達が

→ _____

❸ あげたい / 旅行に / 家族を / 連れて　行って

→ _____

❹ 朝市から / もらいましょう / 活気に / パワーを / 溢れる

→ _____

4. 翻譯

❶ 五月開始吃得到西瓜。　　　　→ _____

❷ 你會開車嗎？　　　　　　　　→ _____

❸ 鈴木同學借我字典了。　　　　→ _____

❹ 我們請佐藤先生唱了一首歌。　→ _____

❺ 我開車送三井小姐回家了。　　→ _____

5. 看圖作文（請看圖片的內容，試著寫出幾個簡單的句子。）

_____

_____

_____

_____

_____

_____

⑧ 解答 | 解答

練習

1. ❶ 水が　怖いですから、泳げません。

　❷ 操作が　複雑ですから、すぐ　使い方が（を）　覚えられません。

　❸ ここは　駐車禁止ですから、車が（を）　止められません。

　❹ 月曜日は　休みですから、利用できません。

2. ❶ 私は　おばあさんに　荷物を　持って　あげました。

　❷ 私は　リサちゃんに　旅行の　写真を　見せて　あげました。

　❸ 私は　太郎君に　お弁当を　作って　あげました。

3. ❶ 先輩は　学校を　案内して　くれました。

　❷ 三井さんは　席を　譲って　くれました。

　❸ 陳さんは　カードで　払って　くれました。

4. ❶ アパートを　探して　いるんですが、手伝って　もらえますか。

　❷ すぐ　戻るんですが、待って　もらえますか。

　❸ ここは　禁煙なんですが、やめて　もらえますか。

問題

1. 請將下列動詞「る形」改為可能動詞

❶ 泳ぐ	泳げる	❷ 立てる	立てられる	❸ 過ごす	過ごせる
❹ 尋ねる	尋ねられる	❺ 手伝う	手伝える	❻ 譲る	譲れる
❼ 起きる	起きられる	❽ 噛む	噛める	❾ 掛ける	掛けられる
❿ 立つ	立てる	⓫ 感じる	感じられる	⓬ 遊ぶ	遊べる
⓭ 書く	書ける	⓮ 寝る	寝られる	⓯ 撮る	撮れる

2. 問答

❶ いいえ、日本人は　ヘチマを　食べません。

❷ 賑やかで　元気　いっぱいな　ところです。

❸ いいえ、まだ　読めません。

❹ はい、友達に　パーティーを　して　もらいました。

❺ はい、お年寄りなどが　いたら、席を　譲って　あげます。

3. 重組

❶ この　漢字が　読めないんですが、教えて　もらえないでしょうか。

❷ この　写真は　友達が　撮って　くれました。

❸ 家族を　旅行に　連れて　行って　あげたい。

❹ 活気に　溢れる　朝市から　パワーを　もらいましょう。

4. 翻譯

❶ 五月から　スイカが　食べられます。

❷ 車が　運転できますか。

❸ 鈴木さんは　辞書を　貸して　くれました。

❹ 私たちは　佐藤さんに　歌を　歌って　もらいました。

❺ 私は　車で　三井さんを　家まで　送って　あげました。

5. 看圖作文（請看圖片的內容，試著寫出幾個簡單的句子。）

　　（略）

第六課

せいじ だいがく
政治大学の　サークル

政治大學的社團

學習重點

「～と」：學習如何表達說話的具體內容。

「～て　ある」：學習陳述他動詞的結果。

「～て　おく」：學會「事先準備好～」的講法。

「～て　しまう」：學習表達後悔遺憾的情緒。

▶ MP3-36

政治大学の　サークル

　ほとんどの　大学生は　サークルに　入ってると　言っても　いいでしょう。気の　合う　友達と　一緒に　好きな　ことが　できたら、楽しいです。

　今日　サークルの　部員募集の　掲示板を　見ました。そこには部員募集の　チラシが　たくさん　貼って　ありました。迷って　しまいましたから、友達の　意見を　聞く　ことに　しました。友達が「テニス部を　見に　行かない？」と　誘って　くれましたが、私は「スポーツが　苦手なんだ。」と　答えました。友達は　また　いくつかの　アドバイスを　して　くれました。その時、たまたま、図書館の　前で　ギター部の　勧誘を　して　いた　先輩たちに　会いました。　先輩たちは、通りかかる　人に　チラシを　配りながら、「ギター部へ　ぜひ　一度　見に　来て　ください。」と　大声で　呼びかけて　いました。

政治大學的社團

　　應該可以說幾乎所有的大學生都有加入社團吧！如果能和志氣相投的朋友一起做喜歡的事，會很開心的。

　　今天我看了社團招募社員的公告欄。上面貼著許多招募社員的傳單。很猶豫，所以決定詢問朋友的意見。朋友邀我說：「要不要一起去看網球社？」但我回說：「我運動不行。」朋友又給了我幾個建議。就在這個時候，湊巧遇到了在圖書館前宣傳吉他社的學長姐們。學長姐們一邊發傳單給經過的人，一邊大聲呼籲著：「請一定要來看一下吉他社！」

❷ 文型｜句型

❶ 友達は　テニス部に　入りたいと　言いました。

朋友説他想加入網球社。

❷ 掲示板に　チラシが　貼って　あります。

公告欄上貼著傳單。

❸ 来週までに　レポートの　資料を　集めて　おかなければ　なりません。

必須在下週前把報告的資料蒐集好。

❹ 傘を　なくして　しまいました。

我把傘搞丟了。

❶ 私は 「一緒に 映画を 見に 行かない?」と 友達を 誘いました。

我邀朋友説：「要不要一起去看電影？」

❷ 先生は 陳さんに 分かったかと 聞きました。陳さんは 「はい、
もう 分かりました。」と 答えました。

老師問陳同學懂了嗎？陳同學回答：「是的，已經懂了。」

❸ Ⓐ 机の 上に 何が ありますか。

桌上有什麼？

Ⓑ メモが 置いて あります。

有放便條紙。

❹ Ⓐ 時計は どこですか。

時鐘在哪？

Ⓑ 壁に 掛けて あります。

掛在牆上。

❺ Ⓐ 旅行に 行く 前に 何を して おいたら いいですか。

去旅行前要先做什麼好呢？

Ⓑ ホテルを 予約して おいて ください。

請先預約飯店。

❻ Ⓐ サークルを 選ぶ 前に 先輩たちの 意見を 聞いて
おきましょうか。

選擇社團前先詢問學長姐們的意見吧！

B そう しましょう。

就這麼辦！

⑦ **A** パソコンが また 壊れて しまいました。

電腦又壞了。

B じゃ、ちょっと 休みましょう。

那，我們休息一下吧！

⑧ **A** どう した？

怎麼了？

B 大事な ファイルを 消して しまったんだよ。

我把重要的檔案刪除掉了啦！

1. 例

鈴木さんは　何と　言いましたか。（明日　来なくても　いいです）
→　明日　来なくても　いいと　言いました。

❶　来月から　バイトを　やめます。

→ _____

❷　合唱団に　入って　みたいです。

→ _____

❸　昨日　どこへも　行きませんでした。

→ _____

2. 例

前 /「静かに」と　いう　字を　書きます
→　前に　「静かに」と　いう　字が　書いて　あります。

❶ 店の　前 / のぼりを　立てます

→ _____

❷ 教室の　後ろの　掲示板 / 学生の　絵を　たくさん　貼ります

→ _____

❸ 机の　上 / ノートパソコンを　置きます

→ _____

3. 例

コンサートが　始まります / 席を　取ります

→ コンサートが　始まる　前に　席を　取って　おきましょう。

❶ 留学します / 日本に　ついての　ことを　知ります

→ _____

❷ 学校を　決めます / 家族の　意見を　聞きます

→ _____

❸ 会議 / エアコンを　つけます

→ _____

4. 例

宿題を　家に　忘れて　来ます

→　しまった！宿題を　家に　忘れて　来て　しまいました。

❶ 授業が　始まります

→ _____

❷ 携帯を　洗濯機に　落とす

→ _____

❸ 聞いては　いけない　ことを　聞きます

→ _____

▶ MP3-39

① **A** サークルは　もう　決_きまりましたか。

社團已經決定好了嗎？

B いいえ、まだですけど。だから、陳_{ちん}さんの　意見_{いけん}を　聞_ききたいんです。

不，還沒有。所以，我想聽聽陳同學的意見。

A じゃ、テニス部_ぶを　見_みに　行_いって　みない。

那，要不要去看看網球社？

B でも、スポーツが　苦手_{にがて}なんだけど。

可是，我體育不行。

A そうですか。じゃ、「愛愛會（アイアイカイ）」は　どうですか。

這樣啊。那，「愛愛會」你覺得怎樣？

B うん。いいね。メモに　書_かいて　おきます。

嗯。不錯喔。我先寫在便條紙上。

A これも　いいですよ。「古箏社（グー・ジェン・シェ）」。
「古箏社」は　日本語_{にほんご}で　何_{なん}ですか。

這也不錯喔！「古箏社」。「古箏社」日文是什麼呢？

B 「琴部_{ことぶ}」と　言_いうんです。小_{ちい}さい　時_{とき}、習_{なら}った　ことが
ありますけど、もう　ほとんど　忘_{わす}れて　しまいました。

叫做「琴部」。我小時候有學過，可是幾乎已經全忘光了。

A でも、習_{なら}った　ことが　あって、やっぱり　すごいですね。私_{わたし}は
全然_{ぜんぜん}　弾_ひけませんよ。

可是，有學過還是很厲害啊！我一點都不會彈呢！

B じゃ、入って みたら どう。そんなに 難しく ないですよ。

那，你要不要加入試試？沒有那麼難啦！

A そう。でも まだ いろいろな サークルが ありますね。全部
見てから 決めたいんですけど。

是嗎？可是還有各種社團耶。我想全部看過再決定。

B うん、そう しましょう。

好，就這麼辦吧！

▶ MP3-40

② **A** サークルは もう 決まりましたか。

社團已經決定好了嗎？

B いいえ、今 迷って いるの。だから、陳さんの 意見を
聞きたいんです。

沒有，現在正猶豫著呢。所以，我想聽聽陳同學你的意見。

A じゃ、テニス部を 見に 行って みない。

那，要不要去看看網球社？

B でも、テニスが まったく できないんだけど。

可是，我網球一點也不會。

A そうですか。じゃ、「愛愛會（アイアイカイ）」は どうですか。

這樣啊！那，「愛愛會」你覺得怎樣？

B うん。いいね。リストに 入れて おきます。

嗯。不錯喔！我先列入清單。

A これも いいですよ。「古箏社（グー・ジェン・シェ）」。
「古箏社」は 日本語で 何ですか。

這也不錯喔！「古箏社」。「古箏社」日文是什麼呢？

B 「琴部」と 言います。小さい 時、三年ぐらい 習った ことが
ありますけど、もう ほとんど 忘れて しまいました。

叫做「琴部」。我小時候學過 3 年左右，可是幾乎已經全忘光了。

A でも、習った ことが あって、やっぱり すごいですね。私は
全然 弾けませんよ。

可是，有學過還是很厲害啊！我一點也不會彈呢！

B じゃ、入って みたら どう。琴が できて 素敵ですよ。

那，你要不要加入試試？會彈古箏，很棒喔！

A そう。でも まだ いろいろな サークルが ありますね。全部
見てから 決めたいんですけど。

是嗎？可是還有各種社團耶。我想全部看過再做決定。

B そうですね。そう しましょう。

說得也是。就這麼辦吧！

▶ MP3-41

❸ **A** サークルは もう 決まりましたか。

社團已經決定好了嗎？

B はい、先輩が アドバイスを して くれて、もう 決まりました。

對，學長姐提供建議，已經決定好了。

A 何の サークルに 入りますか。

你要加入什麼社團？

B 漫画アニメ部です。

動漫社。

A 漫画アニメ部か～。とても　人気が　ありますね。

動漫社啊！很受歡迎對吧。

B ええ、もっと　日本の　漫画と　アニメを　研究したいんです。

嗯，我想更深入研究日本的漫畫和動畫。

A じゃあ、私は　「古箏社（グー・ジェン・シェ）」に　入りましょうか。「古箏社」は　日本語で　何ですか。

那，我加入「古箏社」好了。「古箏社」日文是什麼呢？

B 「琴部」と　言います。習った　ことが　ありますけど、もう　ほとんど　忘れて　しまいました。

叫做「琴部」。我學過，不過幾乎已經全忘光了。

A でも、習った　ことが　あって、やっぱり　すごいですね。私は　全然　弾けませんよ。

可是，有學過還是很厲害啊！我一點都不會彈呢！

B ほら、そこに　琴が　置いて　ありますよ。

你看，那裡擺著古箏欸！

A 行って　みますか。

要去看看嗎？

B そう　しましょう。

好啊！

⑥ 単語（たんご）| 單字

▶ MP3-42

1	① 合う（あう）	動詞（Ⅰ）	一致，合
2	⓪ 言う（いう）	動詞（Ⅰ）	說
3	② 選ぶ（えらぶ）	動詞（Ⅰ）	選擇
4	② 落とす（おとす）	動詞（Ⅰ）	弄丟，弄掉，使落下
5	② 思う（おもう）	動詞（Ⅰ）	想，覺得，認為
6	⓪ 決まる（きまる）	動詞（Ⅰ）	決定好
7	② 配る（くばる）	動詞（Ⅰ）	發，分送
8	⓪ 誘う（さそう）	動詞（Ⅰ）	邀約
9	⓪ 参加する（さんかする）	動詞（Ⅲ）	參加
10	⓪ 勧める・薦める（すすめる）	動詞（Ⅱ）	勸，建議，推薦
11	⑤ 通りかかる（とおりかかる）	動詞（Ⅰ）	路過，走過
12	⓪ 張る・貼る（はる）	動詞（Ⅰ）	張貼，搭（帳篷）
13	② 迷う（まよう）	動詞（Ⅰ）	猶豫
14	⓪ 予約する（よやくする）	動詞（Ⅲ）	預約
15	①③ アドバイス	名詞	建議
16	① 意見（いけん）	名詞	意見
17	③ 合唱団（がっしょうだん）	名詞	合唱團
18	⓪ 壁（かべ）	名詞	牆壁
19	⓪ 勧誘（かんゆう）	名詞	勸誘

20	1 キャンパス	名詞	校園
21	1 興味(きょうみ)	名詞	興趣
22	1 クラブ	名詞	社團，俱樂部
23	0 掲示板(けいじばん)	名詞	公告欄
24	1 琴(こと)	名詞	古箏
25	0 1 サークル	名詞	社團，團體
26	1 字(じ)	名詞	字
27	1 人生(じんせい)	名詞	人生
28	3 洗濯機(せんたくき)	名詞	洗衣機
29	1 組織(そしき)	名詞	組織
30	0 チラシ	名詞	傳單，廣告單
31	0 1 ブース	名詞	攤位
32	0 のぼり	名詞	長條旗
33	1 ファイル	名詞	檔案
34	1 フェア	名詞	展，展示會，展售會（fair）
35	0 部員(ぶいん)	名詞	（社團的）社員
36	0 募集(ぼしゅう)	名詞	招募，募集
37	2 ボランティア	名詞	志工，義工
38	1 メモ	名詞	筆記，記事本，便條紙（memo）

39	1 リスト	名詞	名單，清單（list）
40	〜部	名詞	〜社
41	2 凄い	い形容詞	厲害的，嚇人的
42	2 広い	い形容詞	寬廣的
43	0 貴重	な形容詞	貴重的，寶貴的
44	2 自由	名詞・な形容詞	自由
45	0 大事	な形容詞	重要的
46	3 苦手	な形容詞	不擅長的
47	0 偶々	副詞	偶然，碰巧
48	二度と	連語	（下接否定）再
49	2 ほとんど	副詞	幾乎
50	に ついて	副助詞	關於

1. 問答

❶ 日本人は　ご飯を　食べる　前に　何と　言いますか。

→ _____

❷ 部屋の　壁に　何か　掛けて　ありますか。

→ _____

❸ レポートを　書く　前に　何を　して　おかなければ　なりませんか。

→ _____

❹ 携帯を　洗濯機に　落として　しまった　ことが　ありますか。

→ _____

❺ 政治大学は　どんな　サークルが　ありますか。一つ　紹介して

くださいい。

→ _____

2. 重組

❶ 見に / 誘いました / 一緒に / 友達を / 映画を / 行かないと

→ _____

❷ 部員募集の / 掲示板に / あります / 貼って / チラシが

→ _____

❸ 大事な / 入れて / メモを / 洗濯機に / しまいました

→ _____

❹ 前に / 聞いて / おきます / 選ぶ / 先輩たちの / サークルを / 意見を

→ _____

3. 翻譯

① 老師說社團是寶貴的經驗。　→ _____

② 我告訴那個人說直直走然後左轉就有公車站牌。

→ _____

③ 旗子立在店前面。　　→ _____

④ 上課前先把燈打開吧！→ _____

⑤ 糟了！我忘了作業。　→ _____

4. 看圖作文（請看圖片的內容，試著寫出幾個簡單的句子。）

_____

_____

_____

_____

練習

1. ❶ 来月から　バイトを　やめると　言いました。

　❷ 合唱団に　入って　みたいと　言いました。

　❸ 昨日　どこへも　行かなかったと　言いました。

2. ❶ 店の　前に　のぼりが　立てて　あります。

　❷ 教室の　後ろの　掲示板に　学生の　絵が　たくさん　貼って　あります。

　❸ 机の　上に　ノートパソコンが　置いて　あります。

3. ❶ 留学する　前に　日本に　ついての　ことを　知って　おきましょう。

　❷ 学校を　決める　前に　家族の　意見を　聞いて　おきましょう。

　❸ 会議の　前に　エアコンを　つけて　おきましょう。

4. ❶ しまった！授業が　始まって　しまいました。

　❷ しまった！携帯を　洗濯機に　落として　しまいました。

　❸ しまった！聞いては　いけない　ことを　聞いて　しまいました。

問題

1. 問答

❶ 「いただきます」と　言います。

❷ はい、時計と　カレンダーが　掛けて　あります。

❸ 資料を　集めて　おかなければ　なりません。

❹ いいえ、ありません。

❺ 「振聲合唱団」と　いう　合唱サークルです。とても　有名で　人気が　あります。

2. 重組

❶ 一緒に　映画を　見に　行かないと　友達を　誘いました。

❷ 掲示板に　部員募集の　チラシが　貼って　あります。

❸ 大事な　メモを　洗濯機に　入れて　しまいました。

❹ サークルを　選ぶ　前に　先輩たちの　意見を　聞いて　おきます。

3. 翻譯

❶ 先生は　サークルは　大事な　経験だと　言いました。

❷ まっすぐ　行って　左へ　曲がると　バス停が　あると　私は　あの人に　教えました。

❸ のぼりは　店の　前に　立てて　あります。

❹ 授業の　前に　電気を　つけて　おきましょう。

❺ しまった！宿題を　忘れて　しまいました。

4. 看圖作文（請看圖片的內容，試著寫出幾個簡單的句子。）

　　（略）

第七課

クラブフェア

社團聯展

學習重點

「～と 思う」：學習如何表達自己的想法、意見。

「～と 思って いる」：學習如何表達別人的想法、意見。

「～て しまう」：學會動作徹底完了的講法。

「～て おく」：學會事先做好某動作或維持現狀的講法。

クラブフェア

　政治大学では、外国人の　学生でも　サークルに　入れます。運動系の　サッカー部や　テニス部が　あります。または　お茶サークルも　あります。どれも　興味の　ある　サークルに　自由に　参加する　ことが　できます。サークルに　入ったら、いろいろと　勉強できるし、お友達も　たくさん　できるから、本当に　いいと　思います。

　今日は　クラブフェアが　あります。いろいろな　クラブ、サークルの　テントが　ずらりと　並んで　います。どこかの　テントからコーヒーの　いい　匂いが　して　きました。「コーヒーが　好きな方、どうぞ、コーヒー部に　入って　みませんか。」と　部員たちの　大きな　声が　聞こえて　きました。コーヒーが　大好きだから、まず、中に　入って　みる　ことに　しました。そこで、コーヒーの入れ方を　丁寧に　教えて　くれました。部員たちは　みんな　優しくて　親切だと　感じました。コーヒー部が　いいと　思いますから、手帳に　書いて　おきました。

　それから、ギター部へ　行って、ギターを　弾いて　みました。映画サークルの　DMを　もらいましたが、量が　多いから、最後の

ページまで 読んで しまう ことが できませんでした。どれが
いいかなと、ずいぶん 迷いましたが、友達と 話し合って、人気が
高い 放送部に 入る ことに しました。いつか ディスク
ジョッキーに なりたいと 思うからです。

社團聯展

　　在政治大學，即使是外籍生也能加入社團。有運動方面的足球社、網球社
等。也有茶藝社。有興趣的社團每個都能夠自由參加。進入社團後，可以學到
很多，也能交到許多朋友，所以我覺得真的很不錯。

　　今天有社團聯展。各社團的帳篷櫛比鱗次排列著。從某個帳篷傳來咖啡的
香味。我聽到了社員們大聲說著「喜歡咖啡的人，要不要來參加看看我們咖啡
社！」我超喜歡咖啡，所以決定先進去看看。在那裡，他們仔細地教我怎麼泡
咖啡。我感受到社員們每個都好和善好親切。我覺得咖啡社很不錯，所以先寫
在記事本中。

　　然後，我去了吉他社，試著彈吉他。拿了電影社的 DM，但因為量太大，
所以沒辦法看到最後一頁。我很舉棋不定，到底哪個社團才好，跟朋友商量後，
決定加入人氣超高的廣播社。因為日後我想成為 DJ。

▶ MP3-44

❶ 若い　人は　お年寄りに　席を　譲らなければ　ならないと　思います。

我認為年輕人必須讓位給老人家。

❷ 佐藤さんは　台湾は　物価が　安いと　思って　います。

佐藤同學覺得台灣的物價很便宜。

❸ お母さんが　買って　くれた　小説は　全部　読んで　しまいました。

媽媽買給我的小説我全部看完了。

❹ Ⓐ 電気を　消しましょうか。

把燈關了吧！

Ⓑ いいえ、まだ　授業が　ありますから、そのまま　つけて　おいて
ください。

不要，因為還有課，請就這樣開著。

▶ MP3-45

① **A** 王さんは まだ 学校に いますか。

王同學還在學校嗎？

B いいえ、もう 帰ったと 思います。

不，我想他已經回家了。

② **A** 政治大学を どう 思いますか。

你覺得政治大學如何？

B キャンパスが 広くて 綺麗だと 思います。

我覺得校園很大很漂亮。

③ **A** 三井さんは 台北で １０１ ビルが 一番 有名だと 思って
いますが、鈴木さんは どう 思いますか。

三井同學認為台北101大樓最有名，鈴木同學你覺得如何？

B １０１ ビルより 故宮博物館の 方が もっと 有名だと
思いますね。

我認為相較101大樓，故宮博物院更有名呢。

④ **A** 三井さんは 大学を 出たら 国へ 帰りたいと 思って いますか。

三井同學他大學畢業後想回國去嗎？

B さあ、帰らないと 思います。台湾で 働きたいと 三井さんは
言いましたよ。

這個嘛，我覺得他不會回國。三井同學說他想在台灣工作喔！

⑤ **A** とても 美味しいから、一人で、全部 食べて しまいました。

因為非常好吃，我一個人全吃光了。

B えっ？一人で？すごいですね。

什麼？你一個人？好厲害啊！

⑥ A 一緒に　ビアガーデンへ　行きませんか。

要不要一起去啤酒屋？

B 行きたいですが、今日中に　この　レポートを　書いて
しまいたいですから、すみませんね。

我很想去，可是我想在今天內寫完這份報告，所以很抱歉。

⑦ A あのう、すみませんが、資料は　どう　したら　いいんでしょうか。

嗯～，不好意思，請問資料該怎麼處理才好呢？

B そうですね。じゃ、この　机の　上に　置いて　おいて　ください。

這個嘛。那，請你先把它放桌上。

⑧ A ドアを　閉めましょうか。

把門關上吧！

B また　誰か　入るから、そのまま　開けて　おいて　ください。

還有人要進來，所以請你就這樣開著。

---

1. 例

　電子辞書は　とても　便利です

→　（私は）電子辞書は　とても　便利だと　思います。

❶ 佐藤さんは　私の　誕生日パーティーに　きっと　来て　くれます

→ _____

❷ 学生証が　なかったら　入れません

→ _____

❸ 王さんは　真面目な　学生です

→ _____

❹ アルバイトは　時間の　無駄ではありません

→ _____

---

2. 例

　鈴木さん / カラオケは　つまらないです

→ 鈴木さんは　カラオケは　つまらないと　思って　います。

❶ 林さん／仕事を　換えたいです

→ _____

❷ 李さん／ここ　二、三年間　経済は　よく　ならないでしょう

→ _____

❸ 三井さん／朝市は　賑やかで　面白いです

→ _____

3. 例

A：一緒に　カラオケに　行きませんか。B：（今日の　宿題を
やります）

→ B：今日の　宿題を　やって　しまいたいですから、今度　また
誘って　くださいね。

❶ レポートを　書きます

→ _____

❷ 借りた　本を　読みます

→ _____

❸ この　ＤＶＤを　見ます

→ _____

4. 例

テレビを　消します / つけます

→ A：テレビを　消しても　いいですか。

B：いいえ、つけて　おいて　ください。

❶ この　チラシを　捨てます / 引き出しに　しまう

→ ＿＿＿＿＿＿＿＿＿＿＿＿＿＿＿＿＿＿＿＿＿＿＿＿＿＿

→ ＿＿＿＿＿＿＿＿＿＿＿＿＿＿＿＿＿＿＿＿＿＿＿＿＿＿

❷ この　新聞を　片付けます / そのままに　します

→ ＿＿＿＿＿＿＿＿＿＿＿＿＿＿＿＿＿＿＿＿＿＿＿＿＿＿

→ ＿＿＿＿＿＿＿＿＿＿＿＿＿＿＿＿＿＿＿＿＿＿＿＿＿＿

❸ ドアを　開けます / そのまま　閉めます

→ ＿＿＿＿＿＿＿＿＿＿＿＿＿＿＿＿＿＿＿＿＿＿＿＿＿＿

→ ＿＿＿＿＿＿＿＿＿＿＿＿＿＿＿＿＿＿＿＿＿＿＿＿＿＿

▶ MP3-46

❶ **A** エアコンを 消しましょうか。

把空調關了吧！

B いいえ、まだ 授業が ありますから、つけて おいて ください。

不要，因為還有課，請就這樣開著。

A クラブフェアに 行きませんか。

要不要去看社團聯展呢？

B はい、行きましょう。

好啊！去吧！

A ええと、王さんの 意見を 聞きたいんですが、勉強と クラブと どちらが 大切だと 思いますか。

嗯～，我想聽聽王同學的意見，你認為唸書和社團哪個重要呢？

B まあ、クラブより 勉強の ほうが 大切だと 思いますけど。

這個嘛，我覺得比起社團，唸書比較重要。

A そうですね。大学生は やはり 勉強しなければ なりませんからね。ところで、政治大学は どんな サークルが ありますか。

也是。因為大學生還是得唸書啊！對了，政治大學有怎樣的社團呢？

B テニス部や サッカー部などが あります。

有網球社啦、足球社等等。

A 外国人の 学生でも 参加できますか。

即使是外籍生也能參加嗎？

B はい、外国人の 学生でも 自由に 入れますよ。

對，即使是外籍生也能自由加入喔！

A 何の サークルに 入りたいと 思いますか。

你想加入什麼社團呢？

B バスケットボールが 好きですから、バスケット部に 入りたいと 思います。

我喜歡籃球，所以我想參加籃球社。

▶ MP3-47

② **A** エアコンを 消しましょうか。

把空調關了吧！

B いいえ、まだ 授業が ありますから、そのまま つけて おいて ください。

不要，因為還有課，請就這樣開著。

A クラブフェアに 行きませんか。

要不要去看社團聯展？

B レポートを 書いて しまいたいですから、王さんと 先に 行って ください。

我想把報告寫完，所以請你和王同學先去。

A ええと、王さんの 意見を 聞きたいんですが、勉強と クラブと どちらが 大切だと 思いますか。

嗯～，我想聽聽王同學你的意見，你認為唸書和社團哪個重要呢？

C 勉強の ほうが 大切だと 思います。しかし、部活で いろいろな 友達を 作る ことが できるから、とても いい 経験に なると 思いますよ。

我覺得唸書比較重要。但是，社團活動能夠交到各種朋友，所以我覺得會是非常好的經驗喔！

A そうですね。じゃ、政治大学は どんな サークルが ありますか。

也是。那，政治大學有怎樣的社團呢？

C 運動系の クラブも インドアの サークルも あります。

有運動方面的社團，也有室內的社團。

A 外国人の 学生でも 参加できますか。

即使是外籍生也能參加嗎？

C はい、外国人の 学生でも 好きな サークルに 入れますよ。

對，即使是外籍生也能加入喜歡的社團喔！

A 何の サークルに 入りたいと 思いますか。

你想加入什麼社團呢？

C 運動が 苦手だから、インドアの サークルが いいと 思います。

我運動不行，所以我想室內的社團比較好。

▶ MP3-48

③ A エアコンを 消しましょうか。

把空調關了吧！

B はい、お願いします。

好，麻煩你。

A クラブフェアに 行きませんか。

要不要去看社團聯展？

B 宿題を して しまいたいですから、王さんと 先に 行って
ください。

我想把作業寫完，所以請你和王同學先去。

A ええと、王さんの　意見を　聞きたいんですが、勉強と　クラブと
どちらが　大切だと　思いますか。

嗯～，我想聽聽王同學你的意見，你認為唸書和社團哪個重要呢？

C どちらも　大切だと　思います。

我覺得兩個都很重要。

A そうですね。じゃ、政治大学は　どんな　サークルが　ありますか。

也是。那，政治大學有怎樣的社團呢？

C アニメ漫画部や　お茶サークルなど、いろいろ　ありますよ。

有動漫社啦、茶藝社等，各式各樣的社團喔！

A 外国人の　学生でも　入れますか。

即使是外籍生也能參加嗎？

C ええと、よく　分からないんですけど、たぶん　入れるだろうと
思います。

這個嘛，我不是很清楚，但我想大概是可以參加吧。

A 何の　サークルに　入りたいと　思いますか。

你想加入什麼社團呢？

C 特に　ありませんけど、いろいろ　見てから　決めたいと　思います。

沒有特別想的，我想各種都看過之後再做決定。

⑥ 単語 | 單字

1		〜合う	動詞（Ⅰ）	相互〜
2	4	片付ける	動詞（Ⅱ）	整理，收拾
3	0	聞こえる	動詞（Ⅱ）	聽得見
4	0	決める	動詞（Ⅱ）	決定
5	0	しまう	動詞（Ⅰ）	收進去，收起來
6	0	捨てる	動詞（Ⅱ）	丟棄
7	2	（友達が）できる	動詞（Ⅱ）	結識，結交到
8	0	並ぶ	動詞（Ⅰ）	排列好，排隊
9	4	話し合う	動詞（Ⅰ）	商量，交談
10	3	インドア	名詞	室內（indoor）
11	0	学生証	名詞	學生證
12	2	方	名詞	「人」的敬稱
13	0	経験	名詞	經驗
14	1	経済	名詞	經濟
15	7	故宮博物館	名詞	故宮博物院
16	0	先	名詞	早，先
17	1	サッカー	名詞	足球
18	0	そのまま	名詞	那個樣子（原狀）
19	4	ディスクジョッキー	名詞	DJ（disc jockey）

20	[1] テント	名詞	帳篷
21	[1] ドア	名詞	門
22	[0] 人気	名詞	受歡迎，人氣
23	～杯	名詞	～杯
24	[3] ビアガーデン	名詞	露天啤酒屋
25	[0] 引き出し	名詞	抽屜
26	[1] フェア	名詞	展，展示會，展售會（fair）
27	[0] 部活	名詞	社團活動
28	[0] 物価	名詞	物價
29	[0] 放送	名詞	廣播
30	～系	名詞	～系，～方面
31	[2] 若い	い形容詞	年輕的
32	[1] 丁寧	な形容詞	仔細的，禮貌的
33	[1] 随分	副詞	相當
34	[2][3] ずらりと	副詞	一長排地
35	[2] やはり	副詞	果然，還是
36	[1] ある	連體詞	某，有的

1. 問答

❶ 大学生は　サークルに　入らなければ　ならないと　思いますか。

→ _____

❷ 政治大学の　「水岸エレベーター」に　ついて　どう　思いますか。

→ _____

❸ 佐藤さんは　台湾の　夜市は　料理が　おいしくて　賑やかだと　思って　いますが、あなたは　どう　思いますか。

→ _____

❹ お母さんは　宿題を　やって　しまうまでは　テレビを　見ては　いけないと　言いますか。

→ _____

❺ 机の　上は　片付けますか。そのままに　して　おきますか。

→ _____

2. 重組

❶ サークルに / 友達が / たくさん / 思います / できると / 入ったら

→ _____

❷ ギター部が / 三井さんは / います / いいと / 思って

→ _____

❸ 長いから / できない / しまう / この　ＤＶＤは / 見て / ことが / 時間が / 今日

→ _____

❹ また / おいて / 開けて / ください / ドアを / 誰か / そのまま / 入るから

→ _____

3. 翻譯

❶ 我覺得咖啡社的社員每個人都很好很親切。

→ _____

❷ 三井同學認為台北裡故宮最有名。　→ _____

❸ 上個禮拜買的小說已經看完了。　　→ _____

❹ 請先把這隨身碟放進抽屜裡。我明天要用。

→ _____

4. 看圖作文（請看圖片的內容，試著寫出幾個簡單的句子。）

_____

_____

_____

_____

練習

1. ❶ 佐藤さんは　私の　誕生日パーティーに　きっと　来て　くれると　思います。

❷ 学生証が　なかったら　入れないと　思います。

❸ 王さんは　真面目な　学生だと　思います。

❹ アルバイトは　時間の　無駄ではないと　思います。

2. ❶ 林さんは　仕事を　換えたいと　思って　います。

❷ 李さんは　ここ　二、三年間　経済は　よく　ならないだろうと　思って　います。

❸ 三井さんは　朝市は　賑やかで　面白いと　思って　います。

3. ❶ レポートを　書いて　しまいたいですから、今度　また　誘って　くださいね。

❷ 借りた　本を　読んで　しまいたいですから、今度　また　誘って　くださいね。

❸ この　DVDを　見て　しまいたいですから、今度　また　誘って　くださいね。

4. ❶ A：この　チラシを　捨てても　いいですか。

B：いいえ、引き出しに　しまって　おいて　ください。

❷ A：この　新聞を　片付けても　いいですか。

B：いいえ、そのままに　して　おいて　ください。

❸ A：ドアを　開けても　いいですか。

B：いいえ、そのまま　閉めて　おいて　ください。

問題

1. 問答

❶ いいえ、入らなくても　いいですが、入った　ほうが　いろいろ　経験できると
思います。

❷ 不便で　利用する　人が　少ないと　思います。

❸ 私も　そう　思います。

❹ はい、母は　よく　そう　言います。

❺ そのままに　して　おいて　ください。

2. 重組

❶ サークルに　入ったら　友達が　たくさん　できると　思います。

❷ 三井さんは　ギター部が　いいと　思って　います。

❸ この　DVDは　時間が　長いから、今日　見て　しまう　ことが　できない。

❹ また　誰か　入るから、ドアを　そのまま　開けて　おいて　ください。

3. 翻譯

❶ コーヒー部の　人が　みんな　優しくて　親切だと　思います。

❷ 三井さんは　台北で　故宮博物館が　一番　有名だと　思って　います。

❸ 先週　買った　小説は　もう　読んで　しまいました。

❹ この　USBメモリを　引き出しの　中に　しまって　おいて　ください。明日
使いますから。

4. 看圖作文（請看圖片的內容，試著寫出幾個簡單的句子。）

（略）

MEMO

第八課

図書館

とし ょ か ん

圖書館

學習重點

「～し、～し」：學習列舉原因理由。

「～か、……」：學會如何將問句放在句中。

「～か　どうか、……」：學會句中放入「是否～」的講法。

図書館

　みなさんは　よく　図書館を　利用しますか。私は　政治大学に　入ってから　毎日と　言って　いいくらい　地下一階の　自習室を　利用して　います。図書館は　静かだし、パソコンも　使えるからです。これから　政治大学の　図書館を　紹介したいと　思います。

　政治大学の　図書館は　地下一階、地上四階の　立派な　建物で、「中正図書館」と　言います。図書館では　資料も　集められるし、勉強も　できるし、学生は　よく　利用します。大学生に　とって　図書館は　欠かせない　ものです。では、図書館の　使い方を　説明しましょう。

　まず、図書館に　入る　時、学生証が　必要です。学生証を　かざすと　ゲートが　開きます。中に　入って　すぐ　目に　映る　ところは　検索コーナーです。検索コーナーには　パソコンが　何台も　置いて　あります。本の　タイトルや　著者の　名前を　入力すると、借りたい　本が　あるか　どうか　すぐ　検索できます。検索の　仕方が　分からなくても、大丈夫です。司書に　聞いて　ください。丁寧に　教えて　くれますから。本の　貸出手続きだったら、一階の　カウンターで　して　ください。

政治大学の　図書館には　200万　以上の　蔵書が　あります。是非大いに　利用して　ください。

圖書館

　　各位常利用圖書館嗎？我唸政治大學之後幾乎可以説每天都利用地下一樓的自習室。因為圖書館既安靜，又可以使用電腦。現在我想來介紹一下政治大學的圖書館。

　　政治大學的圖書館是個地下一層、地上四層的雄偉建築物，名為「中正圖書館」。由於在圖書館裡能夠蒐集資料，又能夠唸書，所以學生經常利用。對大學生而言，圖書館是不可或缺的。那麼，我來説明圖書館的使用方法吧！

　　首先，進入圖書館時需要學生證。只要刷學生證，閘門就會開啟。進入其中立刻映入眼簾的地方是檢索區。檢索區裡放有好幾台電腦。只要輸入書名或作者姓名，就能立即檢索是否有想借的書。就算不知道檢索的方法也沒關係。請詢問館員。因為他會仔細地教你。若要辦理借書手續，請到 1 樓櫃檯。

　　政治大學的圖書館裡有 200 萬以上的藏書。請務必多加利用。

② 文型 | 句型

① 今日は 寒いし、風も 強いです。

今天很冷，風又大。

② これは、軽いし、便利だし、買う ことに しました。

這個很輕又方便，所以我決定買了。

③ すみません、どこで 手続きを したら いいか、わかりませんから、教えて もらえませんか。

對不起，因為我不知道該在哪裡辦手續，可不可以請你告訴我呢？

④ この 本が あるか どうか、調べて ください。

請查一下有沒有這本書。

▶ MP3-52

❶ A 家の 近くの 図書館では インターネットにも アクセスできないし、
コピー機も ありません。

我家附近的圖書館裡不能上網，也沒有影印機。

B それは 不便ですね。

那真是不方便啊！

❷ A 彼は タバコも 吸うし、お酒も 飲むし、それに 貯金も
しませんよ。

他抽菸、喝酒，而且又不存錢呢！

B じゃ、いったい 彼の どこが 好きですか。

那，你到底喜歡他哪裡？

❸ A 今 すぐ 行きますか。

現在馬上去嗎？

B もう ちょっと 待ちましょうよ。雨も 降って いるし、それに
急がないし、止んだら 行きましょう。

我們再等一會兒啦！現在下著雨，而且又不急，等雨停了再走吧！

❹ A 今日は あの 道で 帰りたいと 思います。

今天我想走那條路回家。

B あの 道は 夜は 暗いし 危ないから、一人で 帰らないで
ください。

那條路晚上很暗很危險，所以請不要一個人回家。

⑤ **A** 何を 話し合って いるんですか。

你們在商量什麼呢？

B サークルは 何が いいか、話し合って います。

我們在商量社團要選什麼好。

⑥ **A** 次の 電車まで あと 何分か、見て 来ます。

我去看下班電車還要幾分鐘。

B はい、お願いします。

好，麻煩你。

⑦ **A** パーティーに 来られるか どうか、教えて もらえますか。

可以請你告訴我你能不能來派對嗎？

B すみません。その 日は ちょっと 用事が あるんですが。

抱歉。那天我有點事。

⑧ **A** 家を 出る とき、財布と 鍵を 持って いるか どうか、もう
一度、確認して ください。

出門時，請再次確認是否有攜帶錢包和鑰匙。

B はい、持って います。

好，都帶了。

1. 例

優しいです / 真面目です

→ 山田先生は　優しいし、真面目だし、先生の　授業を　取ったのです。

 ❶　❷

 ❸

❶ 教え方が　上手です / 授業が　面白いです

→ _____

❷ 出席を　取りません / 宿題が　ありません

→ _____

❸ 真面目に　教えます / 優しいです

→ _____

2. 例

佐藤さん / 体が　丈夫です / 頭が　いいです

→ A：佐藤さんを　どう　思いますか。
　　B：佐藤さんは　体も　丈夫だし、頭も　いいです。

❶ 鈴木さん / よく　授業を　サボります / 勉強を　しません

→ _____

→ _____

❷ この　ミニノート / 使い方が　簡単です / ブルートゥースが　ついて
います

→ _____

→ _____

❸ 旅行 / お金が　かかります / 疲れます

→ _____

→ _____

3. 例

　　どこの　大学院が　いいですか / 家族と　よく　相談します

→　どこの　大学院が　いいか、家族と　よく　相談して　ください。

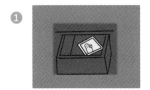  

❶ 写真は　どこに　しまいましたか / 探します

→ _____

❷ 冷蔵庫に　まだ　卵が　ありますか / 見ます

→ _____

❸ 動物園行きの　電車は　何番ホームですか / 調べて　きます

→ _____

4. 例

　　違う　色が　あります

→　違う　色が　あるか　どうか、分かりません。

❶ また　日本で　皆さんに　会えます

→ _____

❷ この　ことを　人（ひと）に　言（い）って　いいです

→ _____

❸ これが　一番（いちばん）　いい　プレゼントです

→ _____

▶ MP3-53

① Ａ これから 図書館へ レポートの 資料を 探しに 行きます。
何か 探したい 資料が ありませんか。

我現在要去圖書館找寫報告的資料。你有沒有什麼想要找的資料呢？

Ｂ はい、ありますよ。一緒に 行きましょう。

是的，有欸！我們一起去吧！

Ａ この 本を 探して いるんですが、あるか どうか、調べて
もらえますか。

我在找這本書，可以請你幫我查一下有沒有嗎？

Ｃ はい、少々 お待ちください。

好的，請稍候。

Ａ はい、よろしく お願いします。

好，麻煩你。

Ｃ お待たせしました。お探しの 本は 三階に ございます。これは
請求番号です。

讓您久等了。您要找的書在 3 樓。這是索書號。

Ａ どうも ありがとう ございました。それから、何階で 自分の
ノートパソコンを 使えるんですか。

非常感謝。另外，幾樓可以使用自己的筆電呢？

Ｃ 四階で 使って ください。

請在 4 樓使用。

Ａ 図書館の 人を どう 思いますか。

你覺得圖書館的人怎樣？

B 優しいし、親切だと 思います。

我覺得很好很親切。

▶ MP3-54

❷ **A** 図書館へ レポートの 資料を 探しに 行きます。何か 探したい
資料が ありませんか。

我現在要去圖書館找寫報告的資料。你有沒有什麼想要找的資料呢？

B すみません、陳さんと 二人で 行って ください。三時から
授業が あるし、レポートの タイトルも まだ 決めて ないし。

抱歉，請你和陳同學兩個人去。因為我 3 點起有課，而且報告的題目也還沒
定。

A この 本を 探して いるんですが、あるか どうか、調べて
もらえますか。

我在找這本書，可以請你幫我查一下有沒有嗎？

C はい、書名を お願いします。

好的，請給我書名。

A はい、これです。

好，是這個。

C 申し訳 ございません。お探しの 本は 商学部の 図書室に
ございます。

很抱歉。您要找的書在商學院的圖書室。

A はい、分かりました。もう一つ 伺いたい ことが ありますが、
自分の ノートパソコンは 何階で 使えますか。

好，我知道了。想再問您一件事，自己的筆電可以在幾樓使用呢？

C 四階で 使って ください。

請在 4 樓使用。

A 図書館の 人を どう 思いますか。

你覺得圖書館的人怎樣？

D 真面目だし 親切だと 思います。

我覺得很認真很親切。

▶ MP3-55

③ A これから 図書館へ レポートの 資料を 探しに 行きます。何
か 探したい 資料が ありませんか。

我現在要去圖書館找寫報告的資料。你有沒有什麼想要找的資料呢？

B ちょっと……部活も あるし。一緒に 行けなくて すみませんね。

這個嘛……，我還有社團。沒法一起去，對不起喔！

A この 本を 探して いるんですが、あるか どうか、調べて
もらえますか。

我在找這本書，可以請你幫我查一下有沒有嗎？

C はい、書名を お願いします。

好的，請給我書名。

A はい、これです。

好，是這個。

C 申し訳 ございません。この 本は 今、貸出中ですが。

很抱歉。這本書現在出借中。

A じゃ、予約できますか。

那，可以預約嗎？

C はい、できます。学生証を お願いします。

是的，可以的。麻煩你給我學生證。

A 図書館の 人を どう 思いますか。

你覺得圖書館的人怎樣？

D 真面目だし 親切だと 思います。

我覺得很認真很親切。

▶ MP3-56

❹ **A** これから 図書館へ レポートの 資料を 探しに 行きます。
何か 探したい 資料が ありませんか。

我現在要去圖書館找寫報告的資料。你有沒有什麼想要找的資料呢？

B はい、ありますよ。行きましょう。

是的，有欸。走吧！

A この 本を 探して いるんですが、あるか どうか、調べて
もらえますか。

我在找這本書，可以請你幫我查一下有沒有嗎？

C そちらの パソコンで 検索して ください。

請用那裡的電腦檢索。

A はい、分かりました。どうも。

好，我知道了。謝謝。

A 図書館の 人を どう 思いますか。

你覺得圖書館的人怎樣？

B ちょっと 冷たいと 思います。

我覺得有點冷淡。

▶ MP3-57

1	2	急ぐ いそ	動詞（Ⅰ）	趕快，急，快走
2	4	いらっしゃる	動詞（Ⅰ）	來，光臨（「来る」的尊敬語）く
3	0	伺う うかが	動詞（Ⅰ）	請教（「聞く」的謙虛語）き
4	2	映る うつ	動詞（Ⅰ）	映照
5	0	検索する けんさく	動詞（Ⅲ）	檢索
6	2	ござる	動詞（Ⅰ）	有，在（「ある」的禮貌語）
7	2	サボる	動詞（Ⅰ）	翹課，翹班，偷懶
8	3	調べる しら	動詞（Ⅱ）	調查
9	0	違う ちが	動詞（Ⅰ）	不同的，其他
10	0	貯金する ちょきん	動詞（Ⅲ）	存錢，存款
11	0	入力する にゅうりょく	動詞（Ⅲ）	（指電腦字體的）輸入
12	0	止む や	動詞（Ⅰ）	停止，中止
13	1	以上 いじょう	名詞	以上
14	0	カウンター	名詞	櫃檯（counter）
15	0	貸出 かしだし	名詞	借出，出租
16	1	ゲート	名詞	閘門（gate）
17	1	コーナー	名詞	角落，專櫃（corner）
18	2	自習室 じしゅうしつ	名詞	自習室
19	1	司書 ししょ	名詞	圖書館館員
20	0	出席 しゅっせき	名詞	出席
21	0	書名 しょめい	名詞	書名

22	5	請求番号 せいきゅうばんごう	名詞	索書號碼
23	0	蔵書 ぞうしょ	名詞	藏書
24	4	大学院 だいがくいん	名詞	（大學系所的）研究所
25	1	タイトル	名詞	標題，頭銜
26	2	卵・玉子 たまご　たまご	名詞	雞蛋
27	0	地上 ちじょう	名詞	地上
28		～中 ちゅう	接尾語	～中，正在～中
29	1	著者 ちょしゃ	名詞	作者
30	2	次 つぎ	名詞	其次，下一個
31	2	手続き てつづき	名詞	手續
32	4	ブルートゥース	名詞	藍芽（牙）（Bluetooth）
33	0	別名 べつめい	名詞	別名
34		～階 かい	名詞	～樓層
35	1　0	中正 ちゅうせい	專有名詞	中正
36	0	必要 ひつよう	な形容詞	需要的
37	1	不便 ふべん	な形容詞	不方便的
38	0	立派 りっぱ	な形容詞	壯觀的
39	0	一体 いったい	副詞	到底，究竟
40	1	大いに おお	副詞	非常地，大量地
41	0　2	欠かせない か	連語	不可或缺的
42		に　とって	助詞	對～而言

1. 問答

❶ どうして 学生は よく 図書館を 使いますか。（請使用「〜し〜し」的句型）

→ _____

❷ 学校では 何が できますか。（請使用「〜し〜し」的句型）

→ _____

❸ 検索コーナーは どこか 教えて ください。

→ _____

❹ 今 本が 借りられるか どうか 分からないんですが、誰に 聞いたら いいでしょうか。

→ _____

2. 重組

❶ 林先生は / 面白いです / 上手だし / 授業も / 教え方も

→ _____

❷ 簡単だし / いるし / ブルートゥースも / 使い方も / ついて / この ミニノートは / 思います / 便利だと

→ _____

❸ くれますか / 紙が / プリンターに / 見て / まだ / どうか / あるか

→ _____

❹ 何時までか / 伺いたい / 手続きは / んですが / 貸出の

→ _____

3. 翻譯

① 現在雨很大，而且又不趕時間，等雨停了再走吧！

→ _____

② 我認為海外旅遊花錢又累人。

→ _____

③ 請和家人好好商量哪所研究所好之後再決定。

→ _____

④ 出門前請再次確認鑰匙帶了沒有。

→ _____

4. 看圖作文（請看圖片的內容，試著寫出幾個簡單的句子。）

_____

_____

_____

_____

練習

1. ❶ 山田先生は　教え方も　上手だし、授業も　面白いし、先生の　授業を
　　取ったのです。

　❷ 山田先生は　出席も　取らないし、宿題も　ないし、先生の　授業を
　　取ったのです。

　❸ 山田先生は　真面目に　教えるし、優しいし、先生の　授業を　取ったのです。

2. ❶ Ａ：鈴木さんを　どう　思いますか。

　　Ｂ：鈴木さんは　よく　授業も　サボるし、勉強も　しません。

　❷ Ａ：この　ミニノートを　どう　思いますか。

　　Ｂ：この　ミニノートは　使い方も　簡単だし、ブルートゥースも　ついて
　　　　います。

　❸ Ａ：旅行を　どう　思いますか。

　　Ｂ：旅行は　お金も　かかるし、疲れます。

3. ❶ 写真は　どこに　しまったか、探して　ください。

　❷ 冷蔵庫に　まだ　卵が　あるか、見て　ください。

　❸ 動物園行きの　電車は　何番ホームか、調べて　きて　ください。

4. ❶ また　日本で　皆さんに　会えるか　どうか、分かりません。

　❷ この　ことを　人に　言って　いいか　どうか、分かりません。

　❸ これが　一番　いい　プレゼントか　どうか、分かりません。

問題

1. 問答

❶ 図書館は 静かだし、いろいろな 本も あるし、学生は よく 使うのです。

❷ いろいろ 勉強できるし、部活にも 参加できるし、友達も 作れます。

❸ 一階です。

❹ 図書館の 人に 聞いて ください。

2. 重組

❶ 林先生は 教え方も 上手だし、授業も 面白いです。

❷ この ミニノートは 使い方も 簡単だし、ブルートゥースも ついて いるし、便利だと 思います。

❸ プリンターに まだ 紙が あるか どうか、見て くれますか。

❹ 貸出の 手続きは 何時までか、伺いたいんですが。

3. 翻譯

❶ 今 雨が ひどいし、急がないし、雨が 止んだら 行きましょう。

❷ 海外旅行は お金も かかるし、疲れると 思います。

❸ どの 大学院が いいか、よく 家族と 話し合ってから 決めて ください。

❹ 出かける 前に かぎを 持って いるか どうか、もう一度 確認して ください。

4. 看圖作文（請看圖片的內容，試著寫出幾個簡單的句子。）

（略）

第九課

だいがくせい
大学生の 一日

いちにち

大學生的一天

學習重點

「～ので」：學習表示客觀的原因理由。

「～のに」：學習表示逆接，「明明～卻～」的接續方式。

「～ために」：學會如何表示目的。

大学生の一日

大学生は どうやって 一日を 過ごして いるのか、知って いますか。参考に なるか どうか、わかりませんが、私の ある 一日を 紹介しましょう。

9：40 【起床】

今日は また 寝坊して しまいました。一人暮らしだと 起こして くれる 人は いないので、よく 目覚めたら、もう 信じられない 時間に なって います。急いで 顔を 洗って、さっと 化粧を 済ませて、家を 飛び出しました。

9：50 【出発】

普段、どんなに 急いで いても コンビニで 朝食を 済ませます。健康の ためには 朝ご飯を 抜いては 絶対に だめなんです。

10：10 【教室に 到着】

三時限目が 始まります。先生が 来る 前に、早く 教室に 入る ために 走って きました。席に 着くと 友達から メールが 入りました。「遅れるから、席 とって おいてね。」と書いて ありました。

11：00　【休憩時間】

　8時間も　寝たのに、まだ　眠いので、売店へ　コーヒーを　買いに　行きました。教室に　戻ると、寝坊した　友達が　来て　います。

12：00　【昼休み】

　学食で　友達と　楽しく　昼ご飯を　食べる　時間です。食事が　終わったら、休んだり　コンビニへ　行ったり　インターネットを　したり　して、もちろん、授業の　予習や　復習を　しても　オーケーです。

14：10 ～ 18：00　【授業】

　興味の　ある　講義に　出られる　ことは　毎日の　楽しみです。しかし、興味の　ない　授業でも、単位の　ために　ちゃんと　受けて　います。

18：00　【授業終了】

　今日　バイトが　あるから、急がないと、（間に　合いません）。大学生活の　楽しみは　気の　合う　友達に　出会えるし、新しい　情報が　どんどん　得られる　ことです。毎日　楽しいので　大学に　入って　よかったと　いつも　思って　います。

大學生的一天

你知道大學生是怎麼度過一天的嗎？不知道是否能提供給你做參考，我來介紹我的某一天吧！

9：40　【起床】

今天又睡過頭了。如果一個人住，就不會有人叫你起床，所以經常一睜開眼，已經是無法置信的時間。我趕忙洗臉，迅速化好妝，飛奔出家門。

9：50　【出發】

平常，再怎麼趕，我都會在便利超商解決早餐。因為為了健康，絕對不可以省略早餐。

10：10　【到達教室】

第三節課要開始了。為了在老師來之前快點進教室，我用跑的。一坐下來，就看到朋友的電郵。上面寫著：「我會遲到，所以先幫我占個位置喔！」

11：00　【下課休息時間】

明明睡了8個小時，可是還是很睏，於是去店裡買了杯咖啡。一回到教室，睡過頭的朋友已經來了。

12：00　【午休】

這是在學生餐廳和朋友快樂吃午餐的時間。用完餐後，可以休息、去便利超商或上網，當然也可以預習或複習上課的東西。

14：10 ～ 18：00　【上課】

能夠上自己有興趣的課是我每天的樂趣。但是，即便是沒有興趣的課，為了學分，我還是會好好上。

18：00　【課程結束】

今天有打工，得趕快，（否則會來不及）。

大學生活的樂趣是能夠遇到志氣相投的朋友，以及不斷獲得新資訊。因為每天都很開心，所以我始終覺得上大學真好！

▶ MP3-59

❶ 宿題を 部屋に 忘れたので、取りに 行って 来ます。

因為把作業忘在房間，現在要去拿。

❷ 講義が 始まって いるのに、李さんは まだ 来て いません。

明明課已經開始了，李同學卻還沒來。

❸ 親は 誰の ために 働いて いるか、言わなくても 分かると
思います。

我想不用説，大家都知道爸媽是為誰辛苦工作著。

▶ MP3-60

① **A** 美容院（びょういん）は まだ やって いますか。

美容院現在還有營業嗎？

B はい、今日（きょう）は 土曜日（どようび）なので、夜（よる）10 時（じゅうじ）まで やって います。

有的，因為今天是星期六，所以營業到晚上 10 點。

② **A** また アルバイトですか。大変（たいへん）ですね。

又要去打工嗎？真是辛苦呢。

B 家賃（やちん）を 払（はら）わなければ ならないので、今日（きょう）は 行（い）きたくないですが、頑張（がんば）ります。

因為我得繳房租，所以雖然今天不想去，還是要努力。

③ **A** 昨日（きのう） 家（いえ）へ 帰（かえ）る 前（まえ）に 何度（なんど）も 注意（ちゅうい）したのに、どうして また 間違（まちが）えたんですか。

明明昨天要回家前我提醒了你好多次，為什麼你又弄錯了？

B 本当（ほんとう）に すみませんでした。

真的很對不起。

④ **A** お父（とう）さんは 有名（ゆうめい）な コックさんですね。きっと 毎日（まいにち） おいしい 料理（りょうり）を 作（つく）って くれるでしょう。

你爸爸是有名的廚師對吧。他一定每天做好吃的菜給你吃吧？

B いいえ、料理（りょうり）が 上手（じょうず）なのに、あまり 作（つく）って くれないのですよ。

才不呢，我爸雖然很會做菜，可是卻不常做給我吃哪！

⑤ **A** かわいいですね。買（か）いませんか。

好可愛喔！要不要買？

B コンサートに　行く　お金を　貯金する　ために、買わない　ことに
します。

為了存去看演唱會的錢，我決定不買。

6 **A** まだ　起きて　いるんですか。

你還沒睡啊？

B はい。交換留学を　申し込む　ために、研究計画を　書いて
いるんです。

嗯。為了申請交換留學，我在寫研究計畫。

1. 例

おなかの　調子が　悪いです / ちょっと　トイレに　行って　来ます

→ おなかの　調子が　悪いので、ちょっと　トイレに　行って　来ても　いいですか。

❶ 携帯の　電源が　切れました / 借ります

→ _____

❷ サイズが　合いません / L に　換えます

→ _____

❸ 日本語が　まだ　下手です / 英語で　話します

→ _____

2. 例

冬に　なりました / まだ　暑いです
→ 冬に　なったのに、まだ　暑いです。

❶

❷

❸

❶ 遅れて　きました / 平気な　顔を　して　います

→ _____

❷ もう　遅いです / まだ　ゲームを　やって　います

→ _____

❸ 古い　本は　読みません / 捨てません

→ _____

3. 例

どうして　そこに　人（ひと）が　大勢（おおぜい）　並（なら）んで　います / 新発売（しんはつばい）の
携帯（けいたい）を　買（か）う

→ A：どうして　そこに　人（ひと）が　大勢（おおぜい）　並（なら）んで　いるんですか。
　　B：新発売（しんはつばい）の　携帯（けいたい）を　買（か）う　ために、並（なら）んで　いるんです。

❶  　❷

❸

❶ どうして　一生懸命（いっしょうけんめい）　働（はたら）いて　います / いつか　自分（じぶん）の　店（みせ）を
持（も）ちます

→ _____

→ _____

❷ どうして　あの　試験（しけん）を　受（う）けました / 奨学金（しょうがくきん）を　申（もう）し込（こ）みます

→ _____

→ _____

❸ どうして　貯金（ちょきん）しなければ　なりません / 留学（りゅうがく）に　行（い）きます

→ _____

→ _____

▶ MP3-61

① **A** 遅く なって すみません。

抱歉我來晚了。

B 遅れる 時は 電話して ください。何か あったかと 心配しましたよ。

要遲到時請打通電話。我很擔心你是不是出了什麼事呢！

A どうも すみませんでした。

真的很對不起。

B でも、どうか しましたか。元気が ないですね。

可是，你是怎麼了嗎？沒有精神欸。

A いいえ、ただ 朝ご飯は まだなので、おなかが 空いて いるだけです。

沒有，我只是還沒吃早餐，肚子餓而已。

B どんなに 急いでも 朝ご飯を 抜いては いけませんよ。

再怎麼匆忙，都不可以省略早餐啊！

A そうですよね。じゃ、朝ご飯を 買って 来ます。何か 食べたい ものは ありませんか。買って 来ますから。

說得也是啊。那，我去買早餐。你有沒有什麼想吃的東西？我去買。

B じゃ、アイスコーヒーを お願いします。

那，麻煩你買杯冰咖啡。

A お待たせしました！はい、コーヒーです。

讓你久等了！來，咖啡。

B アイスコーヒーと 言ったのに、これ、ホットじゃないですか。

明明跟你說冰咖啡，這是熱的不是嗎！

A また 失敗して しまって、すみませんでした。

又搞砸了，真對不起。

▶ MP3-62

❷ **A** 遅く なって すみません。

抱歉我遲到了。

B ３０分も 待って いましたよ。何が あったんですか。

我等了 30 分鐘欸！是發生什麼事了嗎？

A 実は 昨日 レポートを 書く ために、遅くまで 起きて いたんです。

其實是因為昨天我為了寫報告撐到很晚。

B それで 寝坊して しまったんですね。

所以就睡過頭了對吧！

A ええ、ですから、まだ 朝ご飯を 食べて いないんです。

嗯，所以，現在還沒吃早餐。

B いくら 忙しくても 朝ご飯を 抜いては だめですよ。

再怎麼忙，都不可以省略早餐啊！

A そうですよね。じゃ、朝ご飯を 買って 来ます。何か 食べたい ものは ありませんか。買って 来ますから。

說得也是啊。那，我去買早餐。你有沒有什麼想吃的東西？我去買。

B いいえ、別に。でも、早く 戻って きてね。

我沒有特別想吃的。不管這個，你要快點回來喔！

A はい、行って 来ます。

好，我走了。

B お帰りなさい！先生の 話を よく 聞く ために、前の 席を
取って おきました。

你回來啦！為了聽清楚老師的話，我先占了前面的座位。

A どうも ありがとう。

多謝！

▶ MP3-63

❸ **A** 遅く なって すみません。

抱歉我來晚了。

B 何か あったんですか。

發生了什麼事嗎？

A ええ、実は 昨日 レポートを 書く ために、遅くまで 起きて
いたんです。

對，其實是因為昨天我為了寫報告撐到很晚。

B それで 寝坊して しまったんですね。

所以就睡過頭了對吧！

A ええ、急いで 来たから、まだ 朝ご飯を 食べて いないんです。

嗯，因為趕著過來，所以現在還沒吃早餐。

B いくら　忙しくても　朝ご飯を　抜いては　だめですよ。

再怎麼忙，都不可以省略早餐啊！

A そうですよね。じゃ、朝ご飯を　買って　来ます。何か　食べたい
ものは　ありませんか。買って　来ますから。

説得也是啊。那，我去買早餐。你有沒有什麼想吃的東西？我去買。

B いいえ、もう　朝ご飯は　済ませましたから。

不用，我已經吃過早餐了。

A じゃ、行って　来ます。

那，我走了。

B お帰りなさい！先生の　話を　よく　聞く　ために、前の　席に
座りましょう。

你回來啦！為了聽清楚老師的話，我們坐前面的位置吧！

A そう　しましょう。

就這麼辦！

⑥ 単語｜單字

1	② 受ける	動詞（Ⅱ）	接受
2	① 得る	動詞（Ⅱ）	獲得，得到
3	② 起こす	動詞（Ⅰ）	喚醒，叫醒
4	⓪ 遅れる	動詞（Ⅱ）	遲到
5	③ 信じる	動詞（Ⅱ）	相信，信任
6	③ 済ませる	動詞（Ⅱ）	做完，辦完
7	① 注意する	動詞（Ⅲ）	提醒，警告
8	② 出会う	動詞（Ⅰ）	遇見，碰見
9	③ 飛び出す	動詞（Ⅰ）	跑出，跳出
10	⓪ 抜く	動詞（Ⅰ）	拔出，省掉
11	⓪ 寝坊する	動詞（Ⅲ）	睡過頭，睡懶覺
12	④ 間違える	動詞（Ⅱ）	弄錯，做錯
13	③ 目覚める	動詞（Ⅱ）	睡醒
14	④ ⓪ 申し込む	動詞（Ⅰ）	申請，報名
15	⓪ 学食	名詞	學生餐廳（「学生食堂」的略稱）
16	⓪ 起床	名詞	起床
17	⓪ 休憩	名詞	休息
18	② 化粧	名詞	化妝，打扮
19	⓪ 健康	名詞	健康

20	[1] コック	名詞	廚師
21	[1] サイズ	名詞	尺吋
22	[0] 参考 さんこう	名詞	參考
23	[0] 終了 しゅうりょう	名詞	結束，終了
24	[3] 新発売 しんはつばい	名詞	新上市
25	[1] 単位 たんい	名詞	學分，單位
26	[1] 知識 ちしき	名詞	知識
27	[0] 調子 ちょうし	名詞	狀況，情況
28	[0] 朝食 ちょうしょく	名詞	早餐
29	[0] 到着 とうちゃく	名詞	抵達，到達
30	[0] 売店 ばいてん	名詞	商店，小賣店
31	[4] 一人暮らし ひとりぐ	名詞	一個人住，獨居，單身生活
32	[0] 復習 ふくしゅう	名詞	複習
33	[1] 家賃 やちん	名詞	房租
34	[0] 予習 よしゅう	名詞	預習
35	〜時限目 じげんめ	接尾語	第〜堂課，第〜節
36	[0] 眠い ねむ	い形容詞	想睡覺的，愛睏的
37	[2] 駄目 だめ	な形容詞	不行的
38	[0] 平気 へいき	な形容詞	不在乎，無所謂的

39	1	さっと	副詞	迅速地
40	0	絶対 (ぜったい)	副詞	絕對（後多接否定表現）
41	0	ちゃんと	副詞	好好地，確實地
42	1	どんどん	副詞	接連不斷地，順利地
43	0	別に (べつ)	副詞	特別地

1. 問答

❶ 中国語が まだ 下手なので、日本語で 話しても いいですか。

→ _____

❷ 卒業したのに、仕事を 探さない ことに ついて どう 思いますか。

→ _____

❸ 私たちは どうして 学校へ 行くのですか。

→ _____

2. 重組

❶ 眠いので / 寝たのに / 買いに / 売店へ / コーヒーを / 8 時間も / まだ / 行きました

→ _____

❷ 気の / 大学生活の / 友達に / 楽しみは / 合う / 出会える / ことです

→ _____

❸ 研究計画を / 交換留学を / ために / 書いて / いる / 申し込む

→ _____

❹ 人は / くれる / 一人暮らしだと / いない / 起こして

→ _____

3. 翻譯

❶ 為了健康，不吃早餐是絕對不行的。

→ _____

❷ 因為每天都很快樂，所以我始終認為上大學真是太好了。

→ _____

❸ 考試是 9 點 10 分開始，可是卻睡過頭了。

→ _____

❹ 你知道大學生是怎麼度過一天的嗎？

→ _____

4. 看圖作文（請看圖片的內容，試著寫出幾個簡單的句子。）

_____

_____

_____

練習

1. ❶ 携帯の　電源が　切れたので、借りても　いいですか。

  ❷ サイズが　合わないので、Lに　換えても　いいですか。

  ❸ 日本語が　まだ　下手なので、英語で　話しても　いいですか。

2. ❶ 遅れて　きたのに、平気な　顔を　して　います。

  ❷ もう　遅いのに、まだ　ゲームを　やって　います。

  ❸ 古い　本は　読まないのに、捨てません。

3. ❶ A：どうして　一生懸命　働いて　いるんですか。

   B：いつか　自分の　店を　持つ　ために、働いて　いるんです。

  ❷ A：どうして　あの　試験を　受けたんですか。

   B：奨学金を　申し込む　ために、受けたんです。

  ❸ A：どうして　貯金しなければ　ならないんですか。

   B：留学に　行く　ために、貯金しなければ　ならないんです。

問題

1. 問答

❶ ええ、いいですよ。どうぞ。

❷ それは　よく　ないと　思います。卒業したら　仕事を　探さなければ

  ならないと　思います。

❸ 教育を　受ける　ために、学校へ　行くのです。

2. 重組

❶ 8時間も　寝たのに、まだ　眠いので、売店へ　コーヒーを　買いに　行きました。

❷ 大学生活の　楽しみは　気の　合う　友達に　出会える　ことです。

❸ 交換留学を　申し込む　ために、研究計画を　書いて　いる。

❹ 一人暮らしだと　起こして　くれる　人は　いない。

3. 翻譯

❶ 健康の　ために、朝ご飯を　抜いては　絶対に　だめです。

❷ 毎日　楽しいので、大学に　入って　よかったと　いつも　思って　います。

❸ 試験は　9 時 10 分からだったのに、寝坊して　しまいました。

❹ 大学生は　どうやって　一日を　過ごして　いるのか、知って　いますか。

4. 看圖作文（請看圖片的內容，試著寫出幾個簡單的句子。）

　　（略）

MEMO

第十課

マオコン
猫空へ

上貓空

學習重點

「～予定だ」：學習如何表達未來的預定、安排。

「～つもりだ」：學會表示未來的打算。

「～た　ほうが　いい」：學習建議句型之「～比較好」的講法。

「～ない　ほうが　いい」：學會建議句型之「不要～比較好」的講法。

猫空へ

　今度は　猫空で　ちょっと　変わって　いる　パーティーを　する　つもりです。いつも　学校の　近くだと　つまらないからです。三井さんを　連れて　行きたいですから、彼女の　都合を　聞いて　みます。それで、携帯で、いっしょに　行かないかと、彼女を　誘って　みました。「今晩は　映画を　見に　行く　つもりなので、あした　だったら、まだ　予定が　入って　いないから、行って　みたい。」と　三井さんは　言って　くれました。

　ここで　ちょっと　猫空への　交通案内を　します。MRT文湖線　終点の　「動物園」駅を　降りて　3、4分ぐらい　歩くと、ロープウェイの　「動物園」駅が　あります。猫空行きの　ロープウェイの　乗り場は　MRT動物園駅の　すぐ　近くに　あります。土・日は　いつも　観光客で　長い　行列が　できて　いるので、休みの　日は　避けた　ほうが　いいでしょう。

　ゴンドラからの　眺めは　素敵です。天気が　よかったら　遠くに　ある　101ビルも　はっきりと　見えます。でも、高いので、高所恐怖症の　人は　やっぱり　乗らない　ほうが　いいと　思います。

　途中に　「指南宮（シナンきゅう）」と　いう　駅が　あります。

有名な　お寺なので、参拝に　来る　人が　大勢　います。時間に
余裕の　ある　方は　是非　一度　参拝に　来て　みて　ください。
しかし、台湾人は　カップルでは　行きません。この　神様は　焼き
餅焼きですから、カップルで　行くと　別れて　しまうのです。

上貓空

　　這次我打算在貓空辦個不一樣的派對。因為如果每次都在學校附近，就太
無聊了。我想帶三井同學一起去，所以要問問看她方不方便。於是，我用手機
試著約她說要不要一起去，三井同學對我說：「今晚已經預定好去看電影，如
果是明天，還沒有安排行程，會想去看看。」

　　在此，我稍微介紹一下如何去貓空。在捷運木柵線的終點「動物園」站下
車後，走個 3、4 分鐘左右，就有纜車的「動物園」站。前往貓空的纜車搭乘
處就在捷運「動物園」站的附近。由於六、日總是觀光客大排長龍，所以避開
假日應該會比較好吧！

　　從纜車眺望的視野是很棒的。如果天氣好，遠處的台北 101 都能清楚看見。
不過，因為它很高，我覺得懼高症的人還是不要搭得好。

　　途中有個站叫「指南宮」。這是間有名的廟宇，所以有許多來參拜的人。
時間充裕的人，請務必來參拜一次看看。但是，台灣的情侶是不會去的。因為
裡面的神明是個醋罈子，情侶去會分手的。

▶ MP3-66

❶ 今日は　4つの　会議を　する　予定です。

今天預定要開 4 個會。

❷ お正月に　日本人の　友達と　お寺へ　参拝に　行く　つもりです。

我打算過年時和日本友人去寺廟參拜。

❸ 期末レポートに　ついては　やっぱり　先生に　聞いて　おいた　ほうが　いいです。

關於期末報告，還是先問過老師比較好。

❹ 漫画も　いいですが、毎日は　読まない　ほうが　いいですよ。

漫畫也很好，不過別每天看比較好喔！

▶ MP3-67

❶ Ⓐ 今年の クリスマスは 誰と 過ごす 予定ですか。

今年的耶誕節你預定要跟誰過？

Ⓑ 恋人と 一緒に 過ごしたいです。

我想跟我男 / 女朋友一起過。

❷ Ⓐ 林さんの 結婚式に 出ない 予定なので、ご祝儀を 渡して もらえますか。

因為我預定不參加林小姐的婚禮，可以請你幫我把紅包交給她嗎？

Ⓑ はい。でも、出られなくて 残念ですね。

好。可是，你不能出席，真是遺憾呢！

❸ Ⓐ 夏休みに 国へ 帰らない つもりですか。

暑假你不打算回國嗎？

Ⓑ いいえ、同窓会が あるので、帰る つもりです。

不，有同學會，所以我打算回國。

❹ Ⓐ ダイエットすると 言って ましたよね。

你說過你要減肥不是！

Ⓑ 明日から ダイエットする つもりです。

我打算明天開始減肥。

❺ Ⓐ 長い 行列ですね。待ちますか。それとも ほかの 店へ 行って みますか。

排得好長啊！要等嗎？還是要試著去別家店看看？

B ええ、ほかの 店へ 行った ほうが いいと 思います。すごく 込んで いますから。

好啊！我想去別家店會比較好。真的超擠的。

6 **A** 次の 駅で 降りた ほうが いいと 三井さんは 教えて くれましたよ。

三井同學告訴我在下個站下比較好喔！

B じゃ、そう しましょう。

那就這麼辦吧！

7 **A** いろいろと アドバイスを した のに、一度も 聞いて くれなかったのよ。

我明明給他一堆建議，他卻一次都不聽。

B じゃ、今度は 何も 言わない ほうが いいね。

那，下次你什麼都不要說比較好呢。

8 **A** クレジットカードを 作りたいんですが。

我想辦信用卡。

B 作らない ほうが いいと 思いますよ。

我覺得不要辦得好啦！

1. 例

あの　店は　来月　オープンします
みせ　　　らいげつ

→ あの　店は　来月　オープンする　予定です。
みせ　　　らいげつ　　　　　　　　よてい

 ① ② ③

① 会議は　3時半に　終わります。
かいぎ　　さんじはん　　お

→ _____

② 時間に　余裕が　あるので、昼ご飯を　すましてから　行きます。
じかん　　よゆう　　　　　　　ひるはん　　　　　　　　　い

→ _____

③ 新幹線で　朝　9時ごろ　東京に　着きます。
しんかんせん　あさ　くじ　　とうきょう　　つ

→ _____

2. 例

健康的に　痩せます／週に　2回　ジョギングを　します
けんこうてき　や　　　しゅう　にかい

→ 健康的に　痩せる　ために、週に　2回　ジョギングを　する
けんこうてき　や　　　　　　　しゅう　にかい

つもりです。

①  ②

③

❶ 貯金します / 来週から　カフェで　アルバイトを　します

→ _____

❷ 同窓会に　出ます / ３キロ　痩せます

→ _____

❸ 歌手に　なります / オーディション番組に　出ます

→ _____

---

3. 例

試験の　ために　もう　二日も　寝て　いません / ちょっと
休みます

→ A：試験の　ために　もう　二日も　寝て　いないんです。

　　B：じゃ、ちょっと　休んだ　ほうが　いいですよ。

❶ 　　❷

❸

❶ 頭も　痛いし　熱も　あります / 病院に　行きます

→ A：_____

　　B：_____

❷ 冬休みの　間　図書館は　何時からか　分かりません / 家を　出る
前に　ネットで　調べます

→ A：＿＿＿＿＿＿＿＿＿＿＿＿＿＿＿＿＿＿＿＿＿＿＿＿＿

B：＿＿＿＿＿＿＿＿＿＿＿＿＿＿＿＿＿＿＿＿＿＿＿＿＿

❸ 一限目が　始まるまで　あと　３０分しか　ありません / どこかで
はやく　昼ご飯を　済まします

→ A：＿＿＿＿＿＿＿＿＿＿＿＿＿＿＿＿＿＿＿＿＿＿＿＿＿

B：＿＿＿＿＿＿＿＿＿＿＿＿＿＿＿＿＿＿＿＿＿＿＿＿＿

4. 例

クレジットカードを　使いません / カードだと、無駄遣いが
多いです

→ A：どうして　クレジットカードを　使わない　ほうが　いいと
思いますか。

B：カードだと、無駄遣いが　多いですから。

❶

❷

❸

❶ ネットで　服や　靴を　買いません / 本物か　どうか　分かりません

→ A：＿＿＿＿＿＿＿＿＿＿＿＿＿＿＿＿＿＿＿＿＿＿＿＿＿＿＿

　B：＿＿＿＿＿＿＿＿＿＿＿＿＿＿＿＿＿＿＿＿＿＿＿＿＿＿＿

❷ ダイエットしません / 健康に　よくないです

→ A：＿＿＿＿＿＿＿＿＿＿＿＿＿＿＿＿＿＿＿＿＿＿＿＿＿＿＿

　B：＿＿＿＿＿＿＿＿＿＿＿＿＿＿＿＿＿＿＿＿＿＿＿＿＿＿＿

❸ 朝食を　抜きません / 朝食を　抜くと　元気が　出ません

→ A：＿＿＿＿＿＿＿＿＿＿＿＿＿＿＿＿＿＿＿＿＿＿＿＿＿＿＿

　B：＿＿＿＿＿＿＿＿＿＿＿＿＿＿＿＿＿＿＿＿＿＿＿＿＿＿＿

▶ MP3-68

① **A** 金曜日、何か 予定は ある。

星期五你有什麼安排嗎？

B えーと、夜は 王さんと 映画を 見に 行く 予定だけど。

嗯～，晚上我預定要和王同學去看電影。

A そう。実は 今度 猫空で ちょっと 変わって いる パーティーを する つもりだけど、よかったら、一緒に 行って みない。

是哦！其實這次我打算在貓空辦個不一樣的派對，如果可以，你要不要一起去看看？

B うん、行きたいわ。誘って くれて ありがとう。

好！我想去。謝謝你約我。

A じゃ、10 時に 動物園駅で どう。

那，我們 10 點鐘動物園站見如何？

B ええ、大丈夫よ。

好，沒問題。

A あっ、そう。階段が たくさん あるから、ハイヒールなんか 履かない ほうが いいよ。

啊！對了。因為有很多階梯，不要穿高跟鞋比較好喔！

B うん、分かった。

好，我知道了。

A それから、山だから、コートと 傘を 持って 行った ほうが いいと 思うよ。

還有，因為是山上，我想帶外套和傘去會比較好喔！

197

B そうよね。もし 雨が 降ったら、大変だからね。

也對。要是下雨就慘了呢！

▶ MP3-69

❷ **A** 金曜日、何か 予定は ある。

星期五你有什麼安排嗎？

B 夜は 病院に 行く 予定だけど。

晚上我預定去醫院。

A そう。実は 今度 猫空で ちょっと 変わって いる パーティーを する つもりだけど、よかったら、一緒に 行って みない。

是哦！其實這次我打算在貓空辦個不一樣的派對，如果可以，你要不要一起 去看看？

B うん、行く。行く。ずっと 前から 一度 台湾の お茶を 飲んで みたかったの。

好，我去。我去。好早以前我就想喝一次台灣茶看看了。

A じゃ、10 時に 動物園駅で どう。

那，我們 10 點鐘動物園站見如何？

B ゴンドラに 乗って 行くのね。楽しみ！

要坐纜車去對吧！好期待！

A あっ、そう。階段が たくさん あるから、ハイヒールなんか 履かない ほうが いいよ。

啊！對了。因為有很多階梯，不要穿高跟鞋比較好喔！

B 階段か。ちょっと 苦手なんだけど。

階梯啊！我有點怕。

Ⓐ それから、山だから、コートと 傘を 持って 行った ほうが いいと 思うよ。

還有，因為是山上，我想帶外套和傘去會比較好喔！

Ⓑ うん、分かった。

好，我知道了。

▶ MP3-70

❸ Ⓐ 金曜日、何か 予定は ある。

星期五你有什麼安排嗎？

Ⓑ いいえ、まだ 何も 予定が ないけど。

沒有，還沒有任何行程。

Ⓐ そう。実は 今度 猫空で ちょっと 変わって いる パーティーを する つもりだけど、よかったら、一緒に 行って みない。

是哦！其實這次我打算在貓空辦個不一樣的派對，如果可以，你要不要一起去看看？

Ⓑ わあ、嬉しい。行きたい。

哇！好高興。我想去。

Ⓐ じゃ、10 時に 動物園駅で どう。

那，我們 10 點鐘動物園站見如何？

Ⓑ う～ん、ちょっと 早いねえ。でも、頑張って 早く 起きて みるわ。

嗯～，有點早耶。可是，我會努力試著早點起床的。

A あっ、そう。階段が たくさん あるから、ハイヒールなんか 履かない ほうが いいよ。

啊！對了。因為有很多階梯，不要穿高跟鞋比較好喔！

B 教えて くれて ありがとう。

謝謝你告訴我。

A それから、山だから、コートと 傘を 持って 行った ほうが いいと 思うよ。

還有，因為是山上，我想帶外套和傘去會比較好喔！

B いや、持って 行かなくても いいと 思う。雨女じゃないしね。

才不呢！我覺得不用帶。因為人家又不是雨女。

1	1	オープンする	動詞（Ⅲ）	開幕，開店（open）
2	2	避ける	動詞（Ⅱ）	避免
3	0	穿く・履く	動詞（Ⅰ）	穿（鞋子・襪子）
4	3	別れる	動詞（Ⅱ）	分手
5	0	渡す	動詞（Ⅰ）	遞交
6	3 1	オーディション	名詞	甄選，試鏡（audition）
7	1	歌手	名詞	歌手
8	1	カップル	名詞	情侶，一對（couple）
9	1	神様	名詞	神明
10	3	観光客	名詞	觀光客
11	0	期末	名詞	期末
12	0	行列	名詞	隊伍
13	0	（お）口	名詞	嘴，口味
14	3	クリスマス	名詞	耶誕節（Christmas）
15	6	クレジットカード	名詞	信用卡（credit card）
16	3	結婚式	名詞	結婚典禮
17	1 - 0	高所恐怖症	名詞	懼高症
18	0	ゴンドラ	名詞	纜車車廂（gondola）
19	0	参拝	名詞	參拜

20	1	（ご）祝儀	名詞	紅包
21	0	終点	名詞	終點
22	4	（お）正月	名詞	新年
23	0	都合	名詞	情況，方便
24	0	つもり	名詞	打算
25	0	（お）寺	名詞	寺廟
26	3	同窓会	名詞	同學會
27	0	遠く	名詞	遠處
28	0	途中	名詞	途中
29	0	土・日	名詞	六・日
30	3	眺め	名詞	眺望，視野
31	0	乗り場	名詞	搭乘處
32	3	ハイヒール	名詞	高跟鞋（high heels）
33	3	昼間	名詞	白天
34	2	服	名詞	衣服
35	0	本物	名詞	真的東西
36	3	無駄遣い	名詞	浪費，亂花錢
37	0	焼き餅焼き	名詞	愛吃醋（的人）
38	0	約束	名詞	約會，約定

39	0	予定 _{よ てい}	名詞	預定，安排
40	0	余裕 _{よ ゆう}	名詞	餘裕
41	5	ロープウエー	名詞	纜車（ropeway）
42	0	健康的 _{けんこうてき}	な形容詞	健康的
43	1	かなり	副詞	相當地
44	2	実は _{じつ}	副詞	事實上
45	1	すぐ	副詞	就在（距離之近），馬上
46	1	なんか	副助詞	之類，是「など」的口語

1. 問答

❶ 今晩は　何か　予定が　ありますか。

→ _____

❷ 大学を　出たら　大学院に　入る　つもりですか。

→ _____

❸ どうして　朝食を　抜かない　ほうが　いいですか。

→ _____

❹ 結婚は　した　ほうが　いいと　思いますか。

→ _____

2. 重組

❶ 行列が / 土・日は / 観光客で / 長い / いる / できて / いつも

→ _____

❷ 天気が / １０１ビルも / 遠くに / 見えます / よかったら / ある / はっきりと

→ _____

❸ する / 痩せる / 週に / ために / ジョギングを / ２回 / つもりです

→ _____

❹ 行く / ある / 昼ご飯を / 余裕が / 時間に / 予定です / ので / すましてから

→ _____

❺ 前に / 出る / 調べた / ネットで / 家を / いいです / ほうが

→ _____

❻ 思います / ほうが / クレジットカードを / 作らない / いいと

→ _____

3. 翻譯

① 我認為有懼高症的人最好不要搭乘纜車。

→ _____

② 我們最好快點找個地方解決中餐。　→ _____

③ 你過年不打算回家嗎？　　　　　→ _____

④ 預定下午 4 點左右抵達台北火車站。→ _____

4. 看圖作文（請看圖片的內容，試著寫出幾個簡單的句子。）

_____

_____

_____

_____

練習

1. ❶ 会議は　3時半に　終わる　予定です。

　 ❷ 時間に　余裕が　あるので、昼ご飯を　すましてから　行く　予定です。

　 ❸ 新幹線で　朝　9時ごろ　東京に　着く　予定です。

2. ❶ 貯金する　ために、来週から　カフェで　アルバイトを　する　つもりです。

　 ❷ 同窓会に　出る　ために、3キロ　痩せる　つもりです。

　 ❸ 歌手に　なる　ために、オーディション番組に　出る　つもりです。

3. ❶ Ａ：頭も　痛いし、熱も　あるんです。

　　 Ｂ：じゃ、病院に　行った　ほうが　いいですよ。

　 ❷ Ａ：冬休みの　間　図書館は　何時からか　分からないんです。

　　 Ｂ：じゃ、家を　出る　前に　ネットで　調べた　ほうが　いいですよ。

　 ❸ Ａ：一限目が　始まるまで　あと　30分しか　ないんです。

　　 Ｂ：じゃ、どこかで　はやく　昼ご飯を　済ました　ほうが　いいですよ。

4. ❶ Ａ：どうして　ネットで　服や　靴を　買わない　ほうが　いいと
　　　　思いますか。

　　 Ｂ：本物か　どうか　分かりませんから。

　 ❷ Ａ：どうして　ダイエットしない　ほうが　いいと　思いますか。

　　 Ｂ：健康に　よくないですから。

　 ❸ Ａ：どうして　朝食を　抜かない　ほうが　いいと　思いますか。

　　 Ｂ：朝食を　抜くと　元気が　出ませんから。

問題

1. 問答

❶ はい、図書館で　レポートを　書く　予定です。

❷ いいえ、大学院に　入らない　つもりです。仕事を　探します。

❸ 朝食を　抜くと　元気が　出ませんから。

❹ はい、私は　そう　思いますが、しても　しなくても　個人の　自由です。

2. 重組

❶ 土・日は　いつも　観光客で　長い　行列が　できて　いる。

❷ 天気が　よかったら、遠くに　ある　101 ビルも　はっきりと　見えます。

❸ 痩せる　ために、週に　2 回　ジョギングを　する　つもりです。

❹ 時間に　余裕が　あるので、昼ご飯を　すましてから　行く　予定です。

❺ 家を　出る　前に　ネットで　調べた　ほうが　いいです。

❻ クレジットカードを　作らない　ほうが　いいと　思います。

3. 翻譯

❶ 高所恐怖症の　人は　ゴンドラに　乗らない　ほうが　いいと　思います。

❷ 速く　どこかで　昼ご飯を　済ました　ほうが　いいです。

❸ お正月に　家へ　帰らない　つもりですか。

❹ 午後　4 時ごろ　台北駅に　着く　予定です。

4. 看圖作文（請看圖片的內容，試著寫出幾個簡單的句子。）

　　（略）

第十一課

いんしごうかく　いわ
院試合格の　お祝い

慶祝考上研究所

學習重點

「～かも　しれない」：學習「或許～也說不定」的推測講法。

「～ば」：學會一般性假設。

「～ば　～ほど～」：學習如何表達「越～越～」。

院試合格の お祝い

　卒業したら 仕事か 進学か 迷って しまって いる 大学生が かなり 多いです。もし いくら 考えても まだ 迷って いれば、先生や 先輩に 相談して アドバイスを して もらった ほうが いいでしょう。台湾では 学歴社会だし、最近 不況が 続いて いますから、就職を やめて 大学院に 入って 勉強を 続ける 学生は 増えて います。大学院への 進学率が 半分を 超えて いる 大学も あると いう ことから 見れば、競争の 厳しさと 大学生の 大変さが 分かるかも しれません。

　台湾では 三月から 大学院の 受験シーズンに 入ります。受験日に 近ければ 近いほど 寝る ことも 食べる ことも 忘れて しまって、ただ ひたすら 勉強する 大学生が 多く 見られます。大学生に とって 志望の 大学院に 受かれば、それは 一番 嬉しい ことでしょう。

　先輩が 院試に 合格したら、私たちは 大学の 近くの 店で お祝いを して あげる ことに したのです。私たちは 受験勉強の コツは 何かと 先輩に 聞いて みましたが、「何も ないよ。一生懸命 勉強する ことだ！」と 言いました。そして 「石の 上

にも 三年」と いう ことわざを 挙げて 励まして くれました。
つまり、どんなに 辛くても 諦めないで 最後まで 頑張れば、きっ
と 成功するのでしょう。とても 勉強に なりました。

慶祝考上研究所

　　有相當多的大學生畢業之後不知道該工作還是升學。如果幾番思考都還是
困惑的話，和老師或學長姐商量，聽取他們的建議會比較好吧！因為台灣是講
究學歷的社會，而且最近經濟持續不景氣，因此放棄就業進入研究所繼續唸書
的學生增加了。從有些大學的研究所升學率過半來看，或許就可以了解競爭之
激烈，以及大學生的辛苦。

　　在台灣，3 月起是研究所的考季。我們可以看到很多大學生越接近大考日
越是廢寢忘食專注唸書。對大學生而言，考取心目中理想的研究所，應該是最
開心的事吧！

　　學長（姐）考上研究所後，我們決定在大學附近的店為他慶祝。我們試著
問學長（姐）準備研究所考試的訣竅是什麼，學長（姐）説：「哪有什麼訣竅！
就是拚命唸。」然後，他還舉了成語「有志者事竟成」來鼓勵我們。換言之，
不管再怎麼痛苦，只要不放棄堅持到最後，一定會成功的吧！真是獲益匪淺。

❶ レポートの　タイトルを　変えた　ほうが　いいかも　しれません。

説不定改報告的題目會比較好。

❷ ここに　お金を　入れれば、トークンが　出ます。

如果把錢放進這裡，代幣就會出來。

❸ 明日の　予定に　ついて　説明します。もし　晴れれば、山を　登りますが、雨なら、ホテルで　カラオケ大会を　やります。

現在説明關於明天的行程。如果天氣晴朗，就去爬山，但如果下雨，就在飯店舉行卡拉 OK 大會。

❹ タブレットを　選ぶ　時、もちろん　軽ければ　軽いほど　いいです。

挑選平板電腦時，當然是越輕越好。

▶ MP3-74

❶ **A** もう こんな 時間なんですけど、まだ 映画に 間に 合いますか。

已經是這時候了，還趕得上看電影嗎？

B 急げば、間に 合うかも しれませんよ。

走快點，説不定趕得上喔！

❷ **A** 一人暮らしは とても 自由かも しれませんが、寂しくないですか。

一個人住或許非常自由，但不寂寞嗎？

B そうですね。病気を した 時には 特に 寂しく 感じますね。

這個嘛。生病的時候，會特別感覺寂寞吧。

❸ **A** 水が なければ、誰も 生きられないんですね。

如果沒有水，誰都活不了是吧！

B はい、生き物なら、みんな そうですよ。

對，只要是生物，都是如此啊！

❹ **A** 字が 小さくて 読めませんよ。

字好小看不到啦！

B ここに 触れば、字が 大きく なるんですよ。

只要觸碰這裡，字就會變大喔！

❺ **A** 最近 韓国語が 流行って いますね。勉強したくないですか。

最近韓文正流行呢。你不想學嗎？

B 難しく なければ、勉強したいと 思います。

如果不難的話，我想學。

⑥ A 部屋を　借りたいんですが、この　近くの　家賃は　どうでしょうか。

我想租房子，這附近的房租怎樣呢？

B 駅に　近くて　買い物が　便利な　ところなら、家賃が　高いです。

如果是靠近車站購物方便的地方，房租很貴。

⑦ A どう　すれば　いいか、教えてよ。考えれば　考えるほど
分からなく　なって　しまうんだから。

你告訴我該怎麼辦才好嘛！因為我越想越不明白了。

B どんどん　やっちゃえば。分かって　くるかもよ。

就做到底啊！説不定就會明白了啦！

⑧ A 韓国の　アイドルグループは　誰でも　ハンサムだよね。

韓國的偶像團體每個人都好帥對吧！

B ええ、ハンサムなら　ハンサムなほど　人気が　集められるかもね。

對，或許越帥越能匯集人氣吧！

④ 練習 | 練習

1. 例

友達の　家へ　行く　前に、電話を　掛けて　おきます / 留守です

→ A：友達の　家へ　行く　前に、電話を　掛けて　おきますか。

B：ええ、留守かも　しれませんから。

❶ 学校を　休んで　病院に　行った　ほうが　いいと　思います /
もしかしたら　インフルエンザです

→ A：_____

B：_____

❷ 院試を　受ける　つもりです / 研究が　好きだし、やりたい　仕事が
見つかりません

→ A：_____

B：_____

❸ こんなに　晴れて　いるのに、どうして　傘を　持って　出かけるん
です / もしかしたら　雨です

→ A：_____

B：_____

2. 例

　　この　道を　まっすぐ　行って　信号を　渡ります / 喫茶店が
　　あります

→この　道を　まっすぐ　行って　信号を　渡れば、喫茶店が
　　あります。

❶ 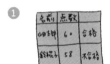 ❷

❸

❶ ６０点を　超えます / 合格です

→ _____

❷ ここに　触ります / ドアが　開きます

→ _____

❸ 一番　上の　ボタンを　押します / テレビを　つける　ことが
　　できます

→ _____

3. 例

一緒に　旅行に　行きます / 忙しくないです / 是非　行きたいです

→ A：一緒に　旅行に　行ったら　どうですか。

　　B：もし　忙しく　なければ、是非　行きたいです。

❶ コーヒーに　もう　少し　砂糖を　入れます / 甘いです / 要りません

→ A：＿＿＿＿＿＿＿＿＿＿＿＿＿＿＿＿＿＿＿＿＿＿

　　B：＿＿＿＿＿＿＿＿＿＿＿＿＿＿＿＿＿＿＿＿＿＿

❷ 合唱団に　入る / 三井さんも　一緒です / 入りたいです

→ A：＿＿＿＿＿＿＿＿＿＿＿＿＿＿＿＿＿＿＿＿＿＿

　　B：＿＿＿＿＿＿＿＿＿＿＿＿＿＿＿＿＿＿＿＿＿＿

❸ 明日　彼女を　誘って　みる / その　勇気が　あります / 苦労は
しないですよ

→ A：＿＿＿＿＿＿＿＿＿＿＿＿＿＿＿＿＿＿＿＿＿＿

　　B：＿＿＿＿＿＿＿＿＿＿＿＿＿＿＿＿＿＿＿＿＿＿

4. 例

　　　この　歌 / 聞きます / いい　歌だと　思います
　→　この　歌は　聞けば　聞くほど　いい　歌だと　思います。

❶ この　小説 / 読みます / 面白く　なります

→

❷ 台湾の　夜市 / 遅いです / 賑やかに　なります

→

❸ タブレット / 操作が　簡単です / 売れるかも　しれません

→

▶ MP3-75

① **A** 朝から ずっと 暑いですね。

一早就好熱啊！

B もしかしたら 今日は ３６度を 超えるかも しれませんよ。
日焼け止めを 塗って おかなければね！

説不定今天會超過 36 度喔！得要先擦防曬乳呢！

A ほら！暑いのに、外で 写真を 撮って いる 学生が 多いですよ。

你看！明明這麼熱，還有好多學生在外面拍照耶！

B もう 卒業シーズンに なりましたからね。

因為已經是畢業季的關係啊！

A そうですね。多くの 大学では 六月に 卒業式が あります。

也對。多數的大學是在 6 月舉行畢業典禮。

B 王さんは 卒業したら、何を する つもりですか。

王同學畢業後打算做什麼呢？

A 就職する つもりです。

我打算工作。

B 最近、就職は 難しいでしょう。

最近找工作很難吧！

A ええ、去年より、もっと 難しく なるかも しれませんが、やって
みなければ、分からないんですけど。

對，或許會變得比去年更難，但不試試看怎會知道呢！

B 王さんなら、きっと 大丈夫ですよ。

如果是王同學，一定沒問題的啦！

❷ Ⓐ 朝から　ずっと　暑いですね。

一早就好熱啊！

Ⓑ ええ、まだ　五月なのに、もう　こんなに　暑く　なりましたね。

是啊！才只是 5 月就已經變得這麼熱啦！

Ⓐ ほら！暑いのに、外で　写真を　撮って　いる　学生が　多いですよ。

你看！明明這麼熱，還有好多學生在外面拍照耶！

Ⓑ 卒業記念に　たくさん　撮らなければと　思ってるんでしょう。

他們大概想說一定得拍很多當作畢業紀念吧！

Ⓐ そうですね。台湾の　卒業シーズンは　六月ごろですからね。

沒錯。因為台灣的畢業季是 6 月前後呢。

Ⓑ 王さんは　卒業したら、何を　する　つもりですか。

王同學畢業後打算做什麼呢？

Ⓐ できれば、大学院に　入りたいと　思って　ます。

如果可以的話，我想唸研究所。

Ⓑ どこの　院試を　受けましたか。

你考了哪些學校？

Ⓐ 政治大学の　院試しか　受けませんでした。

我只考了政治大學。

Ⓑ 受かると　いいですね。

希望你能夠考上啊。

❸ Ⓐ 朝から　ずっと　暑いですね。

一早就好熱啊！

B 暑ければ、動きたくないですね。

只要一熱就不想動呀！

A ほら！暑いのに、外で 写真を 撮って いる 学生が 多いですよ。

你看！明明這麼熱，還是有好多學生在外面拍照耶！

B 今 少しでも 多く 撮って おかなければ、後は 後悔するかも
しれませんからね。

說不定是因為現在如果不多拍一點起來，以後會後悔吧！

A そうですね。六月と 言えば、卒業シーズンですね。

也是。說到 6 月，就會想到畢業季呢。

B 王さんは 卒業したら、何を する つもりですか。

王同學畢業後打算做什麼呢？

A 就職と 進学と どちらに すれば いいか、まだ 迷って
いるんですが。

我還在猶豫就業和升學，究竟該選哪個才好。

B じゃ、先生や 先輩に 相談すれば！

那，你可以去找老師或學長姐商量啊！

A でも、みんな 意見が 違うし、聞けば 聞くほど 大変に
なるのよ。

可是，大家的意見都不一樣，只會越聽越糟啦！

B まあ、よく ある ことですね。結局、最後は 自分で
決めなければ いけませんよね。

對，這也是常有的事啦！結果，最終還是得自己決定是吧！

▶ MP3-78

1	0	挙げる (あ)	動詞（II）	舉出
2	2	受かる (う)	動詞（I）	（考試）合格
3	1	後悔する (こうかい)	動詞（III）	後悔
4	0	超える (こ)	動詞（II）	超過
5	0	続く (つづ)	動詞（I）	持續
6	0	続ける (つづ)	動詞（II）	繼續
7	3	励ます (はげ)	動詞（I）	鼓勵
8	2	流行る (はや)	動詞（I）	流行
9	2	晴れる (は)	動詞（II）	晴朗
10	2	増える (ふ)	動詞（II）	增加
11	0	合格（する）(ごうかく)	名詞・動詞	考上，合格
12	0	進学（する）(しんがく)	名詞・動詞	升學
13	0	見つかる (み)	動詞（I）	被發現，被找到
14	2	生き物 (い もの)	名詞	生物
15	5	インフルエンザ	名詞	流行性感冒（influenza）
16	5	学歴社会 (がくれきしゃかい)	名詞	重視學歷的社會
17	0	競争 (きょうそう)	名詞	競爭
18	2	グループ	名詞	集團，團體（group）
19	1	苦労 (くろう)	名詞	辛苦

20	0	コツ	名詞	訣竅
21	0	諺 (ことわざ)	名詞	成語，諺語
22	1	最後 (さいご)	名詞	最後
23	1	シーズン	名詞	季節（season）
24	0	志望 (しぼう)	名詞	志願
25	0	就職 (しゅうしょく)	名詞	就職，就業
26	0	受験 (じゅけん)	名詞	應考，應試
27	1	準備 (じゅんび)	名詞	準備
28	1	タブレット	名詞	平板電腦（tablet）
29	0	病気 (びょうき)	名詞	生病
30	0	不況 (ふきょう)	名詞	不景氣
31	1	勇気 (ゆうき)	名詞	勇氣
32	1	夜市 (よいち)	名詞	夜市
33	1	率 (りつ)	名詞	比率
34	1	留守 (るす)	名詞	不在家
35	0	～点 (てん)	名詞・接尾語	～分（數）
36	3	厳しい (きび)	い形容詞	嚴格的，嚴峻的，厲害的
37	0	辛い (つら)	い形容詞	辛苦的，難過的
38	4	結局 (けっきょく)	副詞	結果

39	0 なかなか	副詞	（不）輕易，（不）容易（後接否定語）
40	0 ひたすら	副詞	一心一意，只顧
41	1 もしかしたら	副詞	或許
42	1 しか	副助詞	僅，只（後接否定語）
43	1 ですから	接續詞	因此，所以（是「だから」更有禮貌的講法）

1. 問答

❶ 大学院に　入って　勉強を　続ける　学生が　増えて　いると　いう
ことから　見れば、何が　分かると　思いますか。

→ _____

❷ 「石の　上にも　三年」と　いう　ことわざの　意味を　簡単に
説明して　みて　ください。

→ _____

❸ 先生は　厳しければ　厳しいほど　いいですか。

→ _____

❹ コピー機が　動かないんですが、どう　すれば　いいですか。

→ _____

❺ 一人暮らしは　とても　自由かも　しれませんが、寂しくないですか。

→ _____

2. 重組

❶ 寝られない / 見られます / 近いほど / 受験日に / 近ければ / 多く /
大学生が

→ _____

❷ 一番 / 大学院に / 大学生に　とって / それは / ことでしょう / 嬉しい /
志望の / 受かれば

→ _____

❸ ほうが / もしかして / 病院に / しれませんから / 行った /
インフルエンザかも / いい

→ _____

④ ここに / ドアが / 触れば / 開きます

→ _____

3. 翻譯

① 明天如果天氣晴朗，就去爬山。　　→ _____

② 只要把錢放進這裡，代幣就會出來。→ _____

③ 平板電腦的操作越簡單，說不定會越暢銷。

→ _____

④ 梅花越冷越開花。→ _____

4. 看圖作文（請看圖片的內容，試著寫出幾個簡單的句子。）

_____

_____

_____

練習

1. ❶ A：学校を　休んで　病院に　行った　ほうが　いいと　思いますか。

  B：ええ、もしかしたら　インフルエンザかも　しれませんから。

 ❷ A：院試を　受ける　つもりですか。

  B：ええ、研究が　好きだし、やりたい　仕事が　見つからないかも

   しれませんから。

 ❸ A：こんなに　晴れて　いるのに、どうして　傘を　持って

   出かけるんですか。

  B：もしかしたら　雨かも　しれませんから。

2. ❶ 60点を　超えれば、合格です。

 ❷ ここに　触れば、ドアが　開きます。

 ❸ 一番　上の　ボタンを　押せば、テレビを　つける　ことが　できます。

3. ❶ A：コーヒーに　もう　少し　砂糖を　入れたら　どうですか。

  B：もし　甘ければ、要りません。

 ❷ A：合唱団に　入ったら　どうですか。

  B：もし　三井さんも　一緒なら、入りたいです。

 ❸ A：明日　彼女を　誘って　みたら　どうですか。

  B：もし　その　勇気が　あれば、苦労は　しないですよ。

4. ❶ この　小説は　読めば　読むほど　面白く　なります。

 ❷ 台湾の　夜市は　遅ければ　遅いほど　賑やかに　なります。

 ❸ タブレットは　操作が　簡単なら　簡単なほど　売れるかも　しれません。

問題

1. 問答

❶ 就職が　難しい　ことが　分かります。

❷ どんなに　辛くても　諦めないで　最後まで　頑張れば、きっと　成功すると
　　いう　意味です。

❸ いいえ、面白ければ　面白いほど　いいと　思います。

❹ 故障かも　しれませんから、ほかのを　使いましょう。

❺ そうですね。病気を　した　時には　特に　寂しく　感じますね。

2. 重組

❶ 受験日に　近ければ　近いほど　寝られない　大学生が　多く　見られます。

❷ 志望の　大学院に　受かれば、それは　大学生に　とって　一番　嬉しい
　　ことでしょう。

❸ もしかして　インフルエンザかも　しれませんから、病院に　行った　ほうが
　　いい。

❹ ここに　触れば、ドアが　開きます。

3. 翻譯

❶ もし　明日　天気が　晴れれば、山登りに　行きます。

❷ お金を　ここに　入れれば、トークンが　出ます。

❸ タブレットは　操作が　簡単なら　簡単なほど　売れるかも　しれません。

❹ 梅の　花は　寒ければ　寒いほど　咲きます。

4. 看圖作文（請看圖片的內容，試著寫出幾個簡單的句子。）

　　（略）

第十二課

ひ　こ
引っ越し

搬家

學習重點

「～も＿ば、～も」：學習如何使用接續助詞「ば」來表示並列。

「～ば、～のに」：學會與事實相反的假設。

「～う／よう」：學習用意志助動詞表示自己的意志或邀約。

おも
「～う／ようと　思う」：學會向別人表示自己或他人的意志。

引っ越し

　今　駐輪場の　そばの　掲示板に　来て　います。いろいろと　大学生の　生活の　役に　立つ　情報が　貼って　あるので　それを　読みながら　メモを　取って　いる　学生を　よく　見かけます。例えば、家庭教師など　アルバイト募集の　ポスターも　あれば、「租」と　いう　字が　書いて　ある　赤い　紙も　たくさん　貼って　あります。中国語の　「租（ズ）」は　どう　いう　意味か　というと、「貸す」と　「借りる」と　いう　二つの　意味が　あります。大家さんから　言えば、「部屋を　貸す」と　いう　意味に　なり、学生から　見れば、「部屋を　借りる」と　捉える　ことも　できるのです。

　引っ越しの　理由は　十人十色です。大学進学や　就職の　ために　新しい　生活を　始める　人も　いれば、寮は　門限が　あって　不便だと　思う　人も　います。ですから、誰でも　一度は　経験する　ことだろうと　思います。言う　までも　なく、引っ越しする　前に、部屋を　探さなければ　なりません。そして、どれに　するか　決める　前に、賃貸広告を　よく　比べた　ほうが　いいですね。

　引っ越しは　一人で　やろうと　思う　人も　いるかも　しれませんが、とても　大変なのです。ですから、友達や　家族に　手伝って

もらおうと 思う 人が 多いです。

　友達の 李さんが 部屋を 見つけたから、日曜日に 引っ越しを する ことに しました。手伝う 人が 多ければ 多いほど 楽だし、片付けも はやく できると 思うので、李さんの 引っ越しを お手伝いに 行こうと 決めたのです。

　（引っ越しの日）、荷物が 多くて 片付けが 大変でした。二人で 三時間も やりましたが、なかなか 終わらなくて 困りました。やっぱり 先輩の 王さんにも 頼めば よかったのにと 李さんは 言いました。ちょうど その 時、王さんが ドアの 前に 立って いました。まさに 「噂を すれば 影が 差す」と いう ことですね。

搬家

　我現在來到自行車停車場旁邊的公告欄。上面貼著各種對大學生生活有幫助的資訊，所以經常可以看到學生在那裡邊看邊做紀錄。例如，上面有聘任家教之類的海報，也有貼著許多寫有「租」字的紅紙。說到中文的「租」是何意，它具備「租」和「借」兩個意思。就房東而言，它是「出租房屋」的意思，從學生來看，也能解讀成「租借房子」。

　搬家的理由有百百種。有人是為了唸大學或就業而展開新生活，也有人則是認為宿舍有門禁不便之故。因此，我想每個人大概都會經歷一次吧！無須贅

言，搬家前，需要找房子。而且，在決定哪間房子好之前，仔細比較出租廣告上的內容會比較好對吧！

搬家這檔事，或許有人會想一人解決，但這樣是很辛苦的。所以，多數人會想找朋友或家人來幫忙。

我朋友小李找到了房子，所以他決定星期日搬家。我想搬家人手越多越輕鬆，而且收拾起來也快，所以決定要去幫小李搬家。

（搬家當天），他的行李很多，整理起來很累人。我們兩個人整理了三個鐘頭，但就是整理不完好傷腦筋。小李說早知道也拜託王學長來幫忙就好了。就在這個時候，王學長站在門前。這正是所謂的「說曹操，曹操就到」啊！

▶ MP3-80

❶ 夏休みに　日本へ　ホームステイに　行く　学生も　いれば、台湾の　田舎で　ボランティアを　する　学生も　います。

暑假時有學生去日本寄宿留學，也有學生在台灣鄉下做志工。

❷ もっと　頑張れば、高い　点が　取れるのに。

明明只要再努力些，就能得到高分的。

❸ 疲れた。ちょっと　休もう。

好累。休息一下吧！

❹ 多くの　友達を　作る　ために、サークルに　入ろうと　思います。

為了交到更多的朋友，我想要加入社團。

① **A** 佐藤さんは 英語も 話せれば、パソコンも できます。

佐藤先生會講英文，也會電腦。

B 誰よりも はやく 仕事が 見つかるかも しれませんね。

或許他會比誰都快找到工作呢！

② **A** 先生が 黒板に 何を 書いたか、全然 読めませんよ。

我完全看不到老師在黑板寫了什麼啦！

B そうですね。字も 小さければ、光も 反射しますから。

是啊！因為字很小，又反光。

③ **A** 先輩に 意見を 聞いて おけば、こんな ことには
ならないのになあ。

如果我們先問學長姐的意見，事情就不會變成這樣了啊！

B 今さら そう 言っても どうにも ならないよ。

事到如今，講這樣於事無補啦！

④ **A** 来週 小テストが あるよ。勉強しなきゃ。

下禮拜有小考喔！得要唸書。

B 小テストが なければ、授業は もっと 楽しいのに。

要是沒有小考，上課可以更開心的啊！

⑤ **A** 手伝おうか。

我來幫忙吧！

B じゃ、お願いしようか。

那，就拜託你好了！

⑥ Ⓐ アメリカへ 留学に 行く つもり。

我打算去美國留學。

Ⓑ じゃ、別れよう。遠く 離れる ことが 嫌だからね。

那，我們分手吧！因為我討厭分隔兩地。

⑦ Ⓐ アルバイトを しなければ なりませんから、王さんは 寮を 出ようと 思って います。

因為必須要打工，所以王同學想要搬出宿舍。

Ⓑ そうですか。寮でない ほうが 門限が なくて 自由だしね。

是嘛！因為不是宿舍就沒門禁比較自由。

⑧ Ⓐ レポートは いつ 出す つもりですか。

你報告打算什麼時候交呢？

Ⓑ あさってまでに 済ませようと 思います。

我想後天前把它完成。

1. 例

　　　この　クラスに　外国人も　いるし、台湾人も　います。
　　→ この　クラスに　外国人も　いれば、台湾人も　います。

❶ 　　　❷

❸

❶ 仕事は　楽しい　ことも　あるし、辛い　ことも　あります。

→ _____

❷ 鈴木さんは　頭も　いいし、運動も　上手です。

→ _____

❸ 台湾の　夜市は　賑やかだし、料理も　おいしいです。

→ _____

2. 例

　　　お金が　ありませんから、買えません。
　　→ A：お金が　ありませんから、買えませんわ。
　　　　B：そうですね。お金が　あれば　買えるのになあ。

❶ 　　❷ 　　❸

❶ バスだから、間に　合いません。

→ A：_____

　 B：_____

❷ 雨が　止まないから、外で　遊べません。

→ A：_____

　 B：_____

❸ 学生では　ありませんから、2割引き　できません。

→ A：_____

　 B：_____

_____

3. 例

　　ビールを　飲む

→　ビールを　飲もう。

❶ ボールペンを　もう　1本　買う→ _____

❷ 500メートル　泳ぐ　　　　　　→ _____

❸ 中国語ではなくて　日本語を　話す

　→ _____

❹ 後ろに　立つ　　　　　　　　→ _____

❺ ゲームで　遊ぶ　　　　　　　→ _____

❻ アルバイトが　終わったら　帰る→ _____

❼ 宿題を　する　前に　シャワーを　浴びる

　→ _____

⑧ 要らない　ものを　捨てる　　　→ _____

⑨ 僕と　結婚する　　　　　　　　→ _____

⑩ 一人で　来る　　　　　　　　　→ _____

---

4. 例

日本語の　勉強を　続けます

→ A：日本語の　勉強を　続ける　つもりですか。

　　B：はい、日本語の　勉強を　続けようと　思います。

　　　　　①　　　　　　　　②　　　　　　　　③

① 来年　院試を　受けます

→ A： _____

　　B： _____

② 留学生の　奨学金を　申し込みます

→ A： _____

　　B： _____

③ 卒業したら　就職します

→ A： _____

　　B： _____

▶ MP3-82

① Ⓐ もしもし、三井ですけど。引っ越しは　一人で　大丈夫。今、
お手伝いに　行こうか。

喂～，我是三井。你一個人搬家沒問題嗎？我現在去幫你吧？

Ⓑ ありがとう。来て　くれれば、助かるわ。せっかくの　お休みなのに、
ごめんね。

謝謝。如果你能來就幫上大忙了。可是難得的假日，對你不好意思耶。

Ⓐ わあ、荷物が　多いね。どこから　始めようか。

哇！行李真多啊！要從哪裡開始呢？

Ⓑ じゃ、そこの　段ボールを　外に　置いといて　くれる。

那，你可以幫我把那裡的紙箱先放到外頭去嗎？

Ⓐ はい。……ここの　段ボールに　何を　入れようか。

好。……這裡的紙箱裡頭要放什麼呢？

Ⓑ あっ、本棚に　ある　本を　しまっといて　もらえる。

啊！可以幫我把書架上的書放進去嗎？

Ⓐ 分かった。……これらの　収納ボックスは　どう　する。

知道了。……這些收納箱要怎麼辦？

Ⓑ もう　古いから、捨てようと　思ってるの！

已經很舊了，所以我想丟了！

Ⓐ えっ、もったいないなあ。まだ　使えるのに。
……この　ゴミ袋は　何に　使うの。

什麼！真浪費。明明還可以用啊！……這個垃圾袋要用來幹嘛？

B そこに ある 本と プリントを 入れて！もう 要らないから。

把在那裡的書和講義放進去！因為我已經不要了。

A 本当に 要らないの。ノートは 綺麗に 取って あるしなあ、
もらっても いい。

你真的不要？筆記做得這麼漂亮，給我可以嗎？

B じゃ、あげるわ。あの 電気スタンドと ファイルケースも
要らないから、よければ、どうぞ。

那就送你。那個檯燈和檔案夾也都不要了，如果你想要，拿去吧！

A えっ、本当に いいですか。お手伝いに 来て よかった！

欸！真的可以嗎？來幫忙真的太好了！

▶ MP3-83

❷ **A** もしもし、三井ですけど。引っ越しは 一人で 大丈夫。今、
お伝いに 行こうか。

喂～，我是三井。你一個人搬家沒問題嗎？我現在去幫你吧？

B よかった！助かるわ。明日 試験が あるのに、ごめんね。

太好啦！這真是幫了大忙。明明你明天有考試，真不好意思。

A わあ、荷物が 多いね。どこから 始めようか。

哇！行李真多啊！要從哪裡開始呢？

B じゃ、そこの ゴミを 出して くれる。

那，你可以幫我把那裡的垃圾拿出去嗎？

A はい。……ここの 段ボールに 何を 入れようか。

好。……這裡的紙箱裡頭要放什麼呢？

B ベッドに　ある　ものを　入れといて　もらえる。

你可以幫我把在床上的東西放進去嗎？

A 分かった。……これらの　収納ボックスは　どう　する。

知道了。……這些收納箱要怎麼辦？

B もう　古いから、要らないよ。

已經很舊了，我不要了！

A えっ、もったいないなあ。まだ　使えるのに。……このゴミ袋は　何に　使うの。

什麼！真浪費。明明還可以用啊！……這個垃圾袋要用來幹嘛？

B 冷蔵庫に　ある　ものを　入れようと　思うの。もう　古いから、食べられない。

我想要把冰箱裡的東西放進去。已經不新鮮，不能吃了。

A 高い物ばかりで、私に　くれれば　よかったのに。

這些東西都好貴，你早給我不就好了。

B 本棚の　中に　おやつが　あるから、よかったら　どうぞ。

書架裡有零食，你要就給你。

A えっ、本当に　いいですか。お手伝いに　来て　よかった！

欸！真的可以嗎？來幫忙真的太好了！

▶ MP3-84

❸ **A** もしもし、三井ですけど。引っ越しは　一人で　大丈夫。今、お手伝いに　行こうか。

喂～，我是三井。你一個人搬家沒問題嗎？我現在去幫你吧？

B うん、助かるわ。早く 来て！

嗯，這真是幫了大忙。你快點來！

A わあ、荷物が 多いね。どこから 始めようか。

哇！行李真多啊！要從哪裡開始呢？

B ちょっと 手伝って。これ、外に 運ぶから。

來幫忙一下。這個，我要搬到外面去。

A はい。……ここの 段ボールに 何を 入れようか。

好。……這裡的紙箱裡頭要放什麼呢？

B 机の 上に ある 本を しまっといて くれる。

你可以幫我把書桌上的書放進去嗎？

A 分かった。……これらの 収納ボックスは どう する。

知道了。……這些收納箱要怎麼辦？

B 小さくて あまり 入らないから、捨てようと 思うの。

太小放不了什麼東西，我想要丟了。

A えっ、もったいないなあ。まだ 使えるのに。……このゴミ袋は 何に 使うの。

什麼！真浪費。明明還可以用啊！……這個垃圾袋要用來幹嘛？

B 電気スタンドと プリンターを 入れてね！新しい アパートは 狭いから、これ、持って いけないの。

把檯燈和印表機放進去。因為新公寓很小，這個帶不去。

A そう。まだ 新[あたら]しいのに。もったいないから、もらって いい。

這樣啊。可是明明還這麼新。好浪費，給我好嗎？

B いいよ。早[はや]く 言[い]って くれれば、冷蔵庫[れいぞうこ]も あげられたのに！

好啊！你不早説，你早説的話，我冰箱也可以送你！

⑥ 単語（たんご）｜ 單字

1	3	片付く（かたづく）	動詞（Ⅰ）	收拾好
2	0	比べる（くらべる）	動詞（Ⅱ）	比較
3	0	経験する（けいけん）	動詞（Ⅲ）	經驗
4	3	助かる（たすかる）	動詞（Ⅰ）	得救，得到幫助
5	3	捉える（とらえる）	動詞（Ⅱ）	擒獲，掌握，領會
6	3	離れる（はなれる）	動詞（Ⅱ）	距離，離開
7	0	反射する（はんしゃ）	動詞（Ⅲ）	反射
8	3	引っ越す（ひっこす）	動詞（Ⅰ）	搬家
9	0	見かける（みかける）	動詞（Ⅱ）	看到
10	0	見つける（みつける）	動詞（Ⅱ）	找到，發現
11	0	割引する（わりびき）	動詞（Ⅲ）	打折，減價
12	1	大家さん（おおやさん）	名詞	房東
13	4	家庭教師（かていきょうし）	名詞	家教
14	2	紙（かみ）	名詞	紙張
15	1	ケース	名詞	盒子，箱子
16	0	広告（こうこく）	名詞	廣告
17	0	黒板（こくばん）	名詞	黑板
18	3	ゴミ袋（ぶくろ）	名詞	垃圾袋
19	0	仕方（しかた）	名詞	方法

20	[5] 収納ボックス	名詞	收納箱
21	[1]-[1] 十人十色	名詞	各有所好
22	[3] 小テスト	名詞	小考
23	[0] 情報	名詞	情報，訊息
24	[1] そば	名詞	旁邊，附近
25	[3] 段ボール	名詞	紙箱
26	[0] 駐輪場	名詞	停機車、腳踏車的地方
27	[0] 賃貸	名詞	租賃
28	[3] （お）手伝い	名詞	幫忙
29	[5] 電気スタンド	名詞	檯燈
30	[3] 光	名詞	光
31	[0] 引っ越し	名詞	搬家
32	[0] 不動産屋	名詞	房屋仲介公司
33	[3] 門限	名詞	門禁
34	[0] 理由	名詞	理由
35	[2] 狭い	い形容詞	狹小的，狹窄的
36	[5] もったいない	い形容詞	可惜的，浪費的
37	[0] 楽	な形容詞	輕鬆的
38	[0] 今さら	副詞	現在才，事到如今

39	① とにかく	副詞	反正，總之
40	⓪ 丁度 (ちょうど)	副詞	正好，恰好
41	⓪ どうにも	副詞	（下接否定）無論如何也
42	① 正に (まさ)	副詞	正，可真是
43	① ばかり	副助詞	淨，光

1. 請將下列動詞「る形」改為「（よ）う形」

❶ 並ぶ		❷ 誘う		❸ 貼る	
❹ 急ぐ		❺ 受ける		❻ 励ます	
❼ 信じる		❽ 申し込む		❾ 得る	
❿ 寄る		⓫ 頂く		⓬ 見せる	
⓭ 立つ		⓮ 予約する		⓯ 来る	

2. 問答

❶ 夏休みに　アルバイトを　する　学生も　いれば、受験の　ために　勉強する　学生も　いますが、あなたは　何を　しようと　思いますか。

→ _____

❷ 日本人の　友達が　いれば、会話の　練習が　できるのにと　言った　人は　本当は　日本人の　友達が　いますか。

→ _____

❸ 言わなければ　よかったのにと　思った　人は　実は　言って　しまったでしょう。

→ _____

❹ 吉田さんは　台湾で　働こうと　思って　いますが、あなたは　どこで　働こうと　思って　いますか。

→ _____

3. 重組

① パソコンも / 話せれば / 佐藤さんは / 英語も / できます

→ _____

② いるかも / 一人で / 大変なのです / 引っ越しは / やろうと / とても / 思う / しれませんが / 人も

→ _____

③ こんな / 先輩に / ならないのに / おけば / ことには / 聞いて / 意見を

→ _____

④ 思います / 受けようと / 来年 / 院試を

→ _____

⑤ 一緒に / アルバイトが / 帰ろう / 終わったら

→ _____

4. 翻譯

① 台灣的夜市很熱鬧，菜又好吃。

→ _____

② 要是雨停了的話，現在就可以在外面玩呀！

→ _____

③ 昨天晚上要是沒喝那麼多就好了啊！

→ _____

④ 為了交許多朋友，我想要加入社團。

→ _____

5. 看圖作文（請看圖片的內容，試著寫出幾個簡單的句子。）

_____

_____

_____

_____

練習

1. ❶ 仕事は　楽しい　ことも　あれば、辛い　ことも　あります。
   ❷ 鈴木さんは　頭も　よければ、運動も　上手です。
   ❸ 台湾の　夜市は　賑やかなら（ば）、料理も　おいしいです。

2. ❶ A：バスだから、間に　合いませんわ。
   B：そうですね。バスで　なければ、間に　合うのになあ。
   ❷ A：雨が　やまないから、外で　遊べませんわ。
   B：そうですね。雨が　止めば、外で　遊べるのになあ。
   ❸ A：学生では　ありませんから、2割引き　できませんわ。
   B：そうですね。学生なら、2割引き　できるのになあ。

3. ❶ ボールペンを　もう　1本　買おう。
   ❷ 500メートル　泳ごう。
   ❸ 中国語ではなくて　日本語を　話そう。
   ❹ 後ろに　立とう。
   ❺ ゲームで　遊ぼう。
   ❻ アルバイトが　終わったら　帰ろう。
   ❼ 宿題を　する　前に　シャワーを　浴びよう。
   ❽ 要らない　ものを　捨てよう。
   ❾ 僕と　結婚しよう。
   ❿ 一人で　来よう。

4. ❶ A：来年　院試を　受ける　つもりですか。
   B：はい、院試を　受けようと　思います。

② A：留学生の　奨学金を　申し込む　つもりですか。

　　B：はい、留学生の　奨学金を　申し込もうと　思います。

③ A：卒業したら　就職する　つもりですか。

　　B：はい、卒業したら　就職しようと　思います。

問題

1. 請將下列動詞「る形」改為「（よ）う形」

❶ 並ぶ	並ぼう	❷ 誘う	誘おう	❸ 貼る	貼ろう
❹ 急ぐ	急ごう	❺ 受ける	受けよう	❻ 励ます	励まそう
❼ 信じる	信じよう	❽ 申し込む	申し込もう	❾ 得る	得よう
❿ 寄る	寄ろう	⓫ 頂く	頂こう	⓬ 見せる	見せよう
⓭ 立つ	立とう	⓮ 予約する	予約しよう	⓯ 来る	来よう

2. 問答

❶ 私も　どこかで　アルバイトを　しようと　思います。

❷ いいえ、いません。

❸ はい、言って　しまいました。

❹ いつか　日本で　働こうと　思います。

3. 重組

❶ 佐藤さんは　英語も　話せれば、パソコンも　できます。

❷ 引っ越しは　一人で　やろうと　思う　人も　いるかも　しれませんが、とても　大変なのです。

❸ 先輩に　意見を　聞いて　おけば、こんな　ことには　ならないのに。

❹ 来年　院試を　受けようと　思います。

❺ アルバイトが　終わったら、一緒に　帰ろう。

4. 翻譯

❶ 台湾の　夜市は　賑やかならば、料理も　おいしいです。

❷ 雨が　止めば、外で　遊べるのになあ。

❸ ゆうべ　そんなに　飲まなければ　よかったのに。

❹ 友達を　たくさん　作る　ために　サークルに　入ろうと　思います。

5. 看圖作文（請看圖片的內容，試著寫出幾個簡單的句子。）

　　（略）

MEMO

國家圖書館出版品預行編目資料

進階外語 日語篇 /
于乃明、蘇文郎、蔡瓊芳、施列庭、彭南儀著
-- 初版 -- 臺北市：瑞蘭國際, 2020.11
256面；19 x 26公分 --（日語學習系列；55）
ISBN：978-986-5560-01-0（平裝）

1.日語 2.讀本

803.18   109015152

日語學習系列 55

進階外語 日語篇

作者｜于乃明、蘇文郎、蔡瓊芳、施列庭、彭南儀
責任編輯｜葉仲芸、王愿琦
校對｜施列庭、彭南儀、葉仲芸、王愿琦

日語錄音｜こんどうともこ、後藤晃
錄音室｜純粹錄音後製有限公司
封面設計｜陳如琪
版型設計｜劉麗雪
內文排版｜陳如琪
「練習」美術插畫｜國立政治大學外國語文學院
「看圖作文」美術插畫｜KKDRAW

瑞蘭國際出版

董事長｜張暖彗・社長兼總編輯｜王愿琦
編輯部
副總編輯｜葉仲芸・副主編｜潘治婷・文字編輯｜鄧元婷
美術編輯｜陳如琪
業務部
副理｜楊米琪・組長｜林湲洵・專員｜張毓庭

出版社｜瑞蘭國際有限公司・地址｜台北市大安區安和路一段 104 號 7 樓之一
電話｜(02)2700-4625・傳真｜(02)2700-4622・訂購專線｜(02)2700-4625
劃撥帳號｜19914152 瑞蘭國際有限公司
瑞蘭國際網路書城｜www.genki-japan.com.tw

法律顧問｜海灣國際法律事務所　呂錦峯律師

總經銷｜聯合發行股份有限公司・電話｜(02)2917-8022、2917-8042
傳真｜(02)2915-6275、2915-7212・印刷｜科億印刷股份有限公司
出版日期｜2020 年 11 月初版 1 刷・定價｜550 元・ISBN｜978-986-5560-01-0